RUTH ET NOËMI,

OU

LES DEUX VEUVES.

De l'Imprimerie de Mme. V^e. DUMINIL-
LESUEUR, rue de la Harpe, n°. 78.

« Que tardez-vous, ma fille? le jour baisse, il est
« temps que vous marchiez sur les traces d'Orpha. »

RUTH ET NOËMI,

ou

LES DEUX VEUVES,

SUJET ÉPISODIQUE,

TRAITÉ D'APRÈS L'HISTOIRE SAINTE ;

PAR M. KERATRY,

Et orné de jolies figures dessinées et gravées
par les meilleurs Artistes.

———

A PARIS,

Chez SAINTIN, Libraire-Commissionn.,
rue de l'Eperon, n° 6.

1811.

AVERTISSEMENT.

Nous pouvons dire de cet ouvrage ce qu'a dit le père Berruyer de son Histoire du Peuple de Dieu, qu'il n'est ni une traduction, ni une paraphrase.

Partout nous avons respecté le texte de l'Écriture, et nous l'avons suivi pas à pas. Nous nous sommes seulement permis les développemens qu'il autorise et qui naissent du sujet.

Le désir de prêter quelques

1.

ornemens à notre jeune Moabite, et l'intention de n'altérer
en aucune manière le sens de
la Bible, étoient deux choses
difficiles à concilier. Gessner a
renforcé l'intérêt de la mort
d'Abel, en donnant des épouses
aux deux personnages principaux, et en palliant l'horreur
d'un fratricide prémédité, ce
qui est contre l'autorité du
texte; il a inventé une machine qui, quoique peu com-
pliquée, en apparence, n'est
indiquée par aucun passage des
Livres Saints; enfin, il a fait
un poëme. Comme nous som-

mes fort loin d'un tel projet, nous ne nous sommes point donné les libertés auxquelles il sert d'excuse; nous croyons même que notre sujet ne les comporte pas. L'Histoire de Ruth est, à notre avis, l'une des plus touchantes qu'offre l'Écriture. Il n'y a peut-être que celle de Joseph et ses Frères, qui puisse lui être comparée; car il falloit tout le talent de Jean - Jacques Rousseau, pour rendre supportable le trait naturellement ingrat du lévite d'Ephraïm. Si cette dernière composition charme le lecteur, malgré l'atrocité de la catastrophe, c'est que l'écrivain plein de goût, n'y a répandu qu'avec une sage économie, les richesses de son imagination, et encore a-t-il conservé à ses détails la naïve simplicité de l'original. Telle doit être la marche de tous ceux qui voudront manier, avec quelque espoir de succès, des sujets bibliques.

Nous estimons infiniment le travail de M. Bitaubé, comme traducteur d'Homère; mais il nous semble que dans son roman de Joseph (et ce ne de-

vroit pas être un roman), il
a fait entrer trop d'ornemens
étrangers. En évitant cet écueil,
en suivant surtout son guide
de plus près, il eût donné à
son ouvrage une chaleur et un
intérêt que l'on regrette quelquefois de ne pas y trouver.

Madame de Genlis, dans
son Théâtre d'éducation, a mis
en scène l'histoire de Ruth et
Noëmi, avec cette grace qui
promettoit déjà plusieurs charmantes productions à la littéra-
ture française; nous ne pouvons nous dissimuler que ce
petit drame, destiné à être re-

présenté par une Société de jeunes personnes, a été entouré d'accessoires qui ne sont pas en rapport exact avec le texte des Livres Saints. Par exemple, Booz y est transformé en jeune homme, et Ruth presqu'enfant. Le but que l'auteur se proposoit, excuse, sans doute, ces altérations.

M. de Florian, écrivain aimable du dernier siècle, a fait aussi soupirer à la muse champêtre l'histoire attendrissante de Ruth. L'Académie Française a couronné, en 1784, ce joli tableau que l'on peut considé-

rer comme une des meilleures
productions du Chantre de
Galatée, quoiqu'il se soit, plus
d'une fois, écarté du sens litté-
ral de l'Écriture, et qu'il ait
négligé plusieurs détails pleins
de charmes, difficiles à faire
entrer dans le cadre étroit d'une
églogue. Avec un peu de rigueur, ne pourroit-on pas lui
reprocher encore de n'avoir
point conservé à ses acteurs leur
physionomie antique. Booz, en
effet sous sa plume, s'exprime
un peu moins en patriarche
qu'en vieillard amoureux; et l'attachement de Ruth pour ce der-

nier a, peut-être, quelque chose
de trop tendre : mais quand plusieurs beautés rachètent ces lé-
gers défauts, ce n'est pas à nous
de nous montrer trop difficiles.

Que nous sert effectivement
de passer en revue les Artistes
contemporains, à l'heure même
où nous hasardons une exposi-
tion de tableaux ? La chose est,
pour le moins, imprudente.
Nous nous bornerons donc à
dire que, dans notre récit,
nous avons motivé ce qui n'é-
toit qu'indiqué, que nous nous
sommes permis un très-petit
nombre de suppositions aussi
naturelles

naturelles que vraisemblables,
et que, si nous nous sommes
étendus en certains endroits,
cela ne nous est arrivé que par
une sorte d'inspiration du texte.
Il ne falloit ni faire de Booz
un galant en cheveux blancs,
ni le rendre insensible aux
charmes de la beauté modeste;
nous avons veillé à ce que l'on
n'eût le droit de nous adresser
aucun de ces reproches. Les
personnes auxquelles les diffi-
cultés n'échappent pas, nous
sauront peut-être gré de nos
efforts. Nous ne dissimulerons
point que nous avons quelques

obligations à l'ouvrage du père Berruyer ; nous prions seulement qu'on se garde d'en accroître le nombre ; car dans bien des occasions, il n'y a qu'une seule manière de dire les mêmes choses ; les autres sont vicieuses. Sans en concevoir trop d'amour-propre, on peut se rencontrer par momens avec un écrivain célèbre, sur-tout dans un sujet qui tire son plus grand intérêt de sa simplicité.

Comme nous n'avons pas considéré le nôtre dans les mêmes rapports, on trouvera de la différence entre les deux compositions. Le père Berruyer a voulu que la sienne fût en harmonie avec le reste de son ouvrage, c'est-à-dire, érudite dans ses développemens, et pieuse dans ses réflexions : sans faire perdre à celle que nous offrons au public, ce dernier caractère que nous prisons beaucoup, nous avons désiré de la rendre littéraire et plus rapprochée de certaines classes de lecteurs. Elles décideront si nous avons atteint le but que nous nous sommes proposé.

Le père Berruyer a omis, par

délicatesse, une des principales
recommandations que fait Noëmi à sa fille, lorsque cette
dernière doit se rendre pendant
la nuit, auprès de Booz. Nous
avons cru qu'il y avoit manière
de tout dire sans blesser la pudeur. En général, cet écrivain
élégant s'efforce trop souvent
de justifier ou d'orner son modèle, qui ne demande rien de
pareil. Avec un peu moins
d'esprit et de travail (défauts
que l'on n'est pas toujours dans
le cas de reprocher à ceux
qui tiennent la plume), son
ouvrage eût été sans doute

plus à l'abri de la critique.

Le texte nous a fourni la division en quatre Livres ; elle est presque commandée par le sujet, et nous nous sommes fait un devoir de la conserver. Notre plus vif désir est de ne pas paroître trop au-dessous du modèle dont nous avons fait choix. Nous nous sommes efforcés de reproduire dans notre composition les seules *beautés poétiques* que comporte un sujet tiré de l'Écriture Sainte, lorsque le sublime n'y domine pas ; c'est-à-dire, une noble et touchante simplicité

2.

accompagnée de graces mo-
destes. La muse sévère de l'Histoire Sacrée repousse les ornemens d'un style trop fleuri, les
expressions ambitieuses et les
métaphores empruntées de la
Fable; elle a sa langue propre
qui n'admet le mélange d'aucun autre idiôme. Nous admi-
rons le beau talent d'un auteur
moderne qui a voulu se frayer
une route nouvelle dans cette
carrière périlleuse; nous nous
félicitons même de pouvoir le
nommer notre compatriote *;

---

* M. de Château - Briant appar-

mais dans la juste crainte de n'avoir point à offrir aux lecteurs les brillantes indemnités dont il leur a donné l'habitude, nous nous garderons soigneusement de nous exposer aux reproches que sa hardiesse lui a fait encourir.

Il ne nous reste plus qu'un vœu à former, c'est que la publication de cet épisode de l'Histoire Hébraïque, traité avec tout le soin qu'il nous a été possible d'y apporter, contri-

---

tient à une de nos anciennes familles de Bretagne.

bue à répandre le goût trop
rare aujourd'hui des lettres
saintes. Et quelle lecture seroit
plus profitable aux diverses
classes de l'ordre social ! La
Bible est peut-être le seul ouvrage qui présente à la fois aux
Légistes un code en rapport
avec les penchans, le climat et
les habitudes de la nation qu'il
devoit régir ; aux Moralistes
une matière profonde de médi-
tations ; aux Ministres de l'autel , l'autorité du précepte
renforcée par l'exemple ; aux
Littérateurs , les beautés sans
rivales d'une noble éloquence,

et des mouvemens sublimes
inconnus des écrivains pro-
fanes ; aux Artistes, les formes
heureuses d'une nature vierge,
et la fraîcheur des tableaux du
premier âge ; enfin, le simple
Agriculteur lui-même, fami-
liarisé avec ce Livre de tous
les temps et de toutes les con-
ditions, chériroit son état, non
sans connoissance de cause ; se
plairoit au milieu de ses ver-
gers et de ses troupeaux ; et
se souvenant avec délices des
mœurs pastorales des pères
d'Israël, réaliseroit, sous son
toit de chaume, le tableau

fictif de l'âge d'or, tant célébré par les poètes de la Grèce et de l'Italie.

Déjà il nous semble assister à la lecture du soir que chaque vieillard feroit dans sa demeure agreste. La table desservie après un repas frugal, mais abondant, est entourée des fils robustes qui conduisent les travaux de la ferme, de leurs jeunes femmes qui tiennent de beaux nourrissons entre les bras, et de leurs sœurs dont l'hymen se prépare. Assis à la place honorable vis-à-vis de sa digne épouse, le chef de trois générations ouvre avec respect le Livre sacré qu'il tient de ses pères; d'un ton recueilli , il prononce la parole sainte; tout le monde lui prête une oreille attentive; jusqu'à son petit-fils qui, placé à ses côtés, pleure avec le tendre Ismaël, et se réjouit de savoir Isaac délivré. Cependant sa compagne s'est mise à la place de Sara, dont elle a partagé les inquiétudes maternelles; et lui-même, lorsque le père des croyans charge le fidèle Éliézer de l'exécution d'un projet qui doit perpétuer la prospérité des patriarches, il pose la main sur le Livre, promène les yeux autour de lui ; et à la vue de ses filles brillantes de pudeur et de santé, se transporte un instant dans la Mésopotamie. Alors il pense, dans la joie de son cœur, que l'envoyé d'Abraham n'eût peut-être pas dédaigné de s'arrêter sous son toit rustique, et d'y choisir une épouse pour l'héritier de la promesse.

Heureux le peuple chez lequel se multiplieront jusqu'à l'infini, ces scènes touchantes dont une simple esquisse plaît aux

aux cœurs bien nés , et repose si doucement l'imagination ! Heureux le Gouvernement qui les verra se reproduire dans le cercle de sa dépendance ! Aidée de tels moyens , son autorité n'aura besoin de recourir , ni à la menace , ni à la contrainte : on lui obéira ainsi que l'on respire un air pur , ainsi que l'on jouit d'une vie fortunée , sans presque s'en apercevoir. Nous ne savons si un tel siècle doit jamais naître ; nous ignorons quel rang lui assigneroient les philosophes dans les diverses périodes dont se compose l'âge de ce globe terrestre ; mais nous osons affirmer que les intelligences qui, du haut de la voûte éthérée, abaissent sur nous leurs regards, se diroient alors entre elles, que le bonheur a paru parmi les enfans des hommes.

***

Nota. Nous avons placé à la fin de cet ouvrage, des notes sur lesquelles nous invitons le lecteur à jeter les yeux ; elles répondront peut-être à quelques-unes des objections qu'il seroit tenté de faire.

RUTH ET NOËMI,

OU

LES DEUX VEUVES.

LIVRE PREMIER.

Quand vous scierez les grains de votre terre,
vous ne les couperez point jusqu'au pied,
et vous ne ramasserez point les épis qui seront
restés ; mais vous les laisserez pour les pauvres
et les étrangers.

LÉVITIQUE, *Ch.* 23 *, trad.* DE SACY.

JE fouillerai le dépôt précieux que
transmit Israël à la foi de mes pères;
je dirai les mœurs des Patriarches,

leurs chastes amours et les récom-
-penses accordées par le Tout-Puissant à la piété filiale et au respect
de ses saintes lois.

Je n'ose invoquer l'intelligence
qui, à Sinai, à Horeb, et dans la
vallée de Garizim, par la bouche
d'un mortel inspiré, se rendit fami-
lière à de foibles humains; je n'ai
pas non plus, en ma possession, ce
luth harmonieux dont le jeune Israélite, comblé des faveurs du Ciel,
et mollement assis sur la rive om-
bragée du fleuve natal, accompa-
gnoit son chant de bonheur, et que,
dans les jours de la captivité, il sus-
pendit, en pleurant, au saule de
l'Euphrate. Tout ce que je de-

mande, c'est de vous faire revivre dans mes écrits, aimable
simplicité qui répandîtes une si
douce lumière sur les premières
années du peuple élu de Dieu !
qu'ils reçoivent de vous ce charme
touchant dont l'absence laisse le
cœur sans intérêt, comme sans
émotion, et au moyen duquel tout
s'anime, attache et conserve, à
travers les âges nébuleux, l'em-
preinte fidèle de la vérité !

« Mes chères filles, disoit, en
» s'éloignant de Moab, la bonne
» Noëmi, nous voilà dans la route
» qui mène à la terre de Juda.
» Dix ans seront bientôt écoulés
» depuis que la famine à laquelle

» Israël fut en proie, me condui-
» sit parmi vous; je ne me plai-
» gnois pas alors; j'étois mère,
» j'étois épouse... A présent que le
» Seigneur a eu pitié de son peu-
» ple, je vais rentrer dans ma pa-
» trie, mais pour n'y trouver que
» le délaissement et la douleur.
» Pour vous, mes chères filles,
» rien ne vous oblige à me suivre;
» vous êtes jeunes; retournez dans
» la maison de votre père, où des
» jours heureux vous attendent en-
» core. Vous en avez bien agi avec
» moi et les êtres chéris que nous
» regrettons : que le Dieu tout-
» puissant vous le rende et vous
» fasse trouver la paix dans de nou-

» veaux nœuds dont il ait soin de
» prolonger la durée ! Croyez-en
» une trop cruelle expérience : assez
» tôt encore le moment de la sé-
» paration viendra remplir vos
» cœurs d'amertume. »

En achevant ces paroles entre-
mêlées de soupirs, Noëmi donne
un baiser à chacune de ses brus,
triste et dernier témoignage de sa
tendresse au moment d'un éternel
adieu !

Des ruisseaux de larmes coulent
aussitôt des yeux des jeunes Moabites ; elles s'entre-regardent, comme
si on leur annonçoit une nouvelle
imprévue, et elles répondent ensemble : « O la plus chérie des

» mères, le Ciel nous préserve de
» vous abandonner ; nous vous sui-
» vrons partout où vous porterez
» vos pas. »

Sensible à cette marque d'attachement qu'elle reçoit dans son
malheur, Noëmi ne veut pas s'en
prévaloir.

« Non, mes filles, dit-elle, je
» n'exigerai jamais de vous ce sacri-
» fice. Retournez vers vos proches,
» car la main du Seigneur s'est
» étendue pour me frapper. A peine
» étions-nous établis en Moab, qu'un
» époux y a été arraché de mes
» bras ; il m'avoit fait mère de deux
» enfans, et voilà que je laisse der-
» rière moi leurs os dans la terre

» de mon exil !... Que pourriez-vous
» attendre désormais en vous atta-
» chant à mon sort ? chargée d'ans
» et de douleurs, je n'irai sûrement
» pas former de nouveaux nœuds
» dont l'infécondité ne sauroit ren-
» dre à votre couche les époux que
» vous avez perdus (1). Allez, mes
» filles, retournez sous le toit d'une
» mère plus heureuse qui vous fera
» partager son abondance. Quant à
» moi, vous savez qu'il me reste à
» peine un asile à vous offrir. J'ai
» bien assez de mes propres maux,
» sans y joindre les vôtres ; et je
» vous le dis, en vérité, je ne pour-
» rois supporter le spectacle de vo-
» tre détresse !... Je vous en conjure

» donc, mes chères filles, laissez-
» moi continuer, seule, ma route.
» Tout ce que je souhaite, en vous
» quittant, c'est que vous vous sou-
» veniez quelquefois de la pauvre
» Noëmi! »

A ces derniers mots, de nouvelles
larmes baignent les joues des deux
sœurs. La jeune Orpha embrasse en
silence la veuve d'Elimélech, et
reprend lentement le chemin de
Moab (2). Pour la tendre Ruth, elle
se penche sur le sein de sa mère;
ses sanglots étouffent long-temps sa
voix, et ses douces étreintes annon-
cent assez le parti auquel elle s'est
arrêtée.

Le propre de l'infortune est d'ins-

,irer de la défiance : Noëmi re-
loute un instant, qu'il n'en soit de
a bru comme de ces personnes
uxquelles la noble chaleur d'un sen-
iment généreux commande des pri-
ations, ou assigne des devoirs dif-
.ciles, dont le zèle se refroidit in-
ensiblement, et qui finissent par
ouver onéreux le fardeau qu'elles
nt paru d'abord s'imposer avec
laisir. Feignant donc de n'avoir pas
ompris le langage expressif de
Ruth, elle reprend la parole en ces
ermes :

« Votre sœur s'avance dans la
route qui doit la reconduire vers
votre famille et vers des dieux que
nous ne connaissons pas en Israël.

» Que tardez-vous, ma fille; le jour
» baisse; il est temps que vous mar-
» chiez sur les traces d'Orpha, et
» que vous vous mettiez en mesure
» de l'atteindre. »

Ainsi s'exprime la triste veuve; et
son tendre regard, peu d'accord avec
ses discours, semble solliciter une
résolution opposée à la remarque
qu'elle vient de faire. Noëmi n'est
point trompée dans son attente. Sa
jeune compagne lui répond, en la
serrant entre les bras :

« Vainement vous me repoussez
» de votre sein; aucune puissance
» au monde ne me forcera de vous
» quitter : j'irai partout où vous irez;
» je m'arrêterai partout où vous
arrêterez

» arrêterez vos pas ; je veux mourir
» sur la terre qui vous servira de
» sépulture ; et, pour grace unique,
» je demande que ma dépouille y
» repose à côté de la vôtre ! N'êtes-
» vous donc pas ma mère ? Votre
» fils Mahalon n'étoit-il pas mon
» époux bien-aimé ? Ai-je jamais
» arrêté mes yeux sur un autre en-
» fant des hommes ?... Vous le pleu-
» rez ; vous pleurez son frère et le
» vénérable Elimélech : eh bien,
» nous les pleurerons ensemble....
» Loin de moi l'idée de substituer
» un étranger aux droits de celui
» qui me reçut dans sa couche !
» Mes mains (3) ont l'habitude du
» travail : pourquoi la perdroient-

» elles? Qu'ai-je besoin de riches-
» ses ou de parures éclatantes?
» Tout ce que je souhaite de vous,
» c'est d'être admise au partage de
» votre douleur. O ma bonne et
» tendre mère, ne me parlez pas
» de vous quitter ; je vous en con-
» jure, ne m'en parlez pas ; car je
» ne connois plus d'autre peuple
» que votre peuple, et d'autre Dieu
» que le vôtre. »

Ces paroles pénètrent le cœur de
la sage veuve d'une joie à laquelle
depuis long-temps il ne s'est pas ouvert. Elles ont été prononcées avec
ce son de voix auquel on ne sauroit
résister ; toutes les objections cessent et l'on ne songe plus à une sé-

paration, qui désormais coûteroit autant de larmes à la mère qu'à la fille; car Noëmi chérit la jeune Moabite, dont elle n'a voulu qu'éprouver la résolution. Sans craindre, pour la suite, d'importuns regrets, elle se félicite de pouvoir la conduire parmi les adorateurs du Dieu de l'antique Jacob; et, dans l'abandon de sa viduité, la société de sa bru lui paroît une des plus signalées faveurs de la Providence.

Qui fut plus digne que la tendre Ruth de cet attachement? Belle des graces du jeune âge, et encore plus des charmes de la bonté répandus sur son front modeste, elle étoit, à la fois, l'orgueil de ses parens et

l'amour de ses compagnes. Ses prières avoient ouvert, sous le toit pa-
ternel, un asile à la famille d'Elimélech ; bientôt son union avec le
fils vit naître son amitié pour la
mère ; et quand la mort prématurée
d'un époux vint rompre ces nœuds,
la terre de Moab cessa d'être pour
elle une terre chérie. Tout y re-
traçoit à ses yeux et à sa mémoire
une perte douloureuse. Insensible-
ment elle s'éloigna des fêtes de Chamos (4), et le Dieu adoré par les
enfans d'Abraham, fut en secret
le Dieu de son choix : soit qu'il semble doux d'être de la religion de
ceux que l'on a aimés, soit qu'elle en
voulût aux divinités de son pays, de

n'avoir pu prolonger des jours aux-
quels étoit attaché tout ce qu'elle se
promettoit de bonheur.

Ce n'étoit plus dans la plaine fleu-
rie de Moab, mais sur les bords
sauvages de l'Arnon (5), qu'elle con-
duisoit le troupeau de son père.
Assise au bord du torrent écumeux,
elle y versoit des pleurs jusqu'à ce
que le soleil, après s'être élevé de la
terre de Madian, eut fini sa course
derrière les montagnes de Phogor (6). La conformité du malheur
lui rendit encore plus chère la veuve
d'Elimélech. Pour les ames tendres,
ce lieu, quoique triste, n'est pas
dépourvu de charmes. Toutes les
deux avoient vu descendre dans la

tombe celui qui devoit marcher avec
elles, et d'un même pas, dans le sen-
tier de la vie ; Noëmi avoit de plus
un fils à pleurer, et ce fils étoit l'é-
poux qui avoit emporté les regrets
de la jeune Moabite. Que de raisons pour se chercher !... Les heures
qu'elles passoient ensemble étoient
les seules où elles trouvassent quelqu'allègement à leurs peines. Alors
elles éprouvoient qu'on n'a pas tout-
à-fait perdu ceux dont il est encore
permis de s'entretenir. Par degrés,
leurs souvenirs prenoient une teinte
moins sombre, et Ruth apprenoit de
la pieuse soumission de sa compagne,
à respecter la volonté de l'Être tout-
puissant qui ouvre, quand il lui plaît,

à ses foibles créatures, les portes
inconnues de la vie et celles du
trépas.

En frappant Chélion, époux
d'Orpha, et dernier fils d'Elimé-
ech, le ciel rompit les seuls liens
qui attachassent encore Noëmi au
pays de Moab. Dès lors fut arrêté,
dans sa pensée, le moment du
départ.

Le voisinage du toit qui nous a vu
naître, après une absence, apporte
au cœur des joies ineffables ; un trouble délicieux accompagne chaque
pas qui nous en rapproche : mais
ce n'est point pour l'infortuné qui va
s'asseoir solitairement au foyer jadis
entouré de sa florissante famille,

qu'existent les douces palpitations du
retour ; ce n'est plus pour lui qu'une
femme, des enfans et des amis,
franchissant, avec joie, les portes
antiques de la cité, s'avancent confusément dans la route spacieuse, et
après avoir fatigué de questions, et
le cavalier assis sur sa monture, et le
modeste pélerin, s'emparent d'un
tertre élevé, d'où leurs yeux puissent
parcourir les terres lointaines. La
seule consolation que se promet
Noëmi, est de revoir encore une
fois les douces campagnes de la patrie, et d'assister aux fêtes saintes de
Jacob. Ruth ayant persisté dans le
projet de la suivre, les deux veuves
deviennent inséparables.

Les blés commençoient à former leurs épis. Pour éviter le Jourdain, sujet à se déborder aux approches de la récolte, elles laissent l'Arnon derrière elles ; gravissant, non loin de Maspha, les montagnes d'Abarim, du haut desquelles, comme le fit autrefois Moyse, mais avec un espoir que n'eut pas ce conducteur d'Israël, elles promènent leurs yeux sur la vaste étendue de la Terre-Sainte ; et côtoyant le lac Asphaltite (7), déplorable théâtre de la colère du Ciel, elles entrent dans la Palestine par son midi.

Chaque fois que le sol s'élève sous leurs pas, elles découvrent, à leur droite, le fleuve sacré qui tantôt se

laisse entrevoir au milieu des palmiers et des sycomores dont sont
bordés ses rivages; tantôt se dé-
roule, comme un large tissu de lin,
à travers les côteaux et les plaines
fertiles de la Judée. En suivant des
yeux son cours, Noëmi disoit à la
jeune Moabite : « Jacob n'étoit pas
» plus riche que nous, ma chère fille,
» quand fuyant la colère d'Esaü, il
» passa ce fleuve, un bâton à la
» main, pour se rendre à la ville
» de Nachor. Dieu le bénit : le fils
» d'Isaac revint puissant et comblé
» de richesses. Une troupe de ser-
» viteurs, d'esclaves, de chameaux,
» de brebis lui servoit d'escorte à
» son retour; et le courroux d'un

frère ne put tenir contre des dons
adroitement disposés. Espérons
que la Providence ne nous aban-
donnera pas davantage. Tout me
dit qu'elle aura pitié de deux pauvres veuves qui ne lui demandent
ni gloire, ni trésors, mais un
tranquille repos dans l'héritage de
son peuple. »

La ville d'Hébron leur apparoît
bientôt avec ses vieilles tours et
ses fortes murailles, au pied desquelles (8) reposent, dans la vallée de
Mambré, les restes des pères d'Israël.
Sur l'indication de Noëmi, Ruth
distingue le champ qu'Abraham
avoit destiné à recevoir ces saintes
dépouilles. Un peu plus au nord,

vers le désert, la colline de Béthel
se montre à l'horison ; de Béthel,
où le Seigneur, pour la première
fois, visita Jacob, et où, vingt ans
après, l'épouse bien aimée du Patriarche eut la douleur de perdre
sa tendre nourrice qui avoit quitté,
pour la suivre, le pays de Haran
dans la Mésopotamie dè Syrie. La
veuve d'Elimélech raconte comment
un tombeau de gazon, arrosé des
larmes de Rachel, qui ne devait
guère survivre à sa chère Débora,
fut construit sous le feuillage d'un
chêne, et elle n'oublie pas qu'en
mémoire de cet événement, cet
arbre fut nommé *le Chéne des
Pleurs.*

Ainsi

Ainsi Noëmi adoucit l'ennui du
royage par ses discours où respi-
rent, à la fois, les tendres souvenirs de la patrie, la crainte du
Seigneur, et un entier abandon à sa
providence.

Chemin faisant, elle instruisoit
encore sa fille adoptive, des mœurs
de la nation chez laquelle elles
alloient habiter; elle se plaisoit à
décrire la majesté de ses fêtes, la
pompe de ses cérémonies, et elle
n'eut garde de passer sous silence
les merveilles opérées par le Très-
Haut, quand il enleva son peuple
aux fers de l'Egypte, pour le conduire, comme par la main, dans
le désert, et l'établir ensuite dans

la terre de promission. Les deux
veuves rencontroient à chaque pas,
tantôt un rocher, tantôt une source
d'eau vive qui, en leur rappelant
les bontés du Seigneur envers sa
nation chérie, servoient d'annales
à cette touchante histoire ; d'autres
fois, c'étoit un simple monceau de
pierres, ou un autel recouvert de
mousse et de gazon, antiques monumens du bienfait et de la reconnoissance.

Lorsque le soleil planoit avec ses
feux sur le territoire de la Syrie, Noëmi et sa compagne de route se re-
posoient à l'ombre d'un dattier ou
d'un tamarin, sous lequel elles partageoient un léger repas, composé,

le plus souvent, des fruits qu'offroit l'endroit ou la saison ; et le soir, elles s'arrêtoient à l'entrée de quelque hameau, où les attendoit un accueil hospitalier : car, dans ces temps, l'infortune avoit son culte parmi les enfans des Patriarches, et les voies d'Israël étoient droites devant le Seigneur. Elles découvrent enfin les murs de Bethléhem, le jour même où dans Silo, le Grand-Prêtre offroit à l'Éternel les prémices de la moisson des orges. Pour toute richesse, Ruth porte quelques vêtemens enveloppés dans un voile.

A quelles amères réflexions se livre Noëmi, en revoyant ce berceau de sa famille et de celle de son époux ! Quels souvenirs déchirans se réveillent chez elle, au moment où elle dirige ses pas vers la maison d'Elimélech, dernier asile qu'elle doit à sa tendresse ! Et quand son pied vient à toucher le seuil ; quand, poussée par sa main tremblante, la porte entr'ouverte permet à ses yeux de parcourir la profonde solitude de ces murs qu'elle habitoit jadis avec des êtres chéris, et entre lesquels vont s'écouler tristement les années de sa vieillesse, un frémissement involontaire agite son sein. Elle ne s'est encore avancée que de quelques pas, et déjà tout lui a parlé de ses pertes : mille circonstances semblent se multiplier sous ses regards, pour retracer à sa pensée des jours qui ne peuvent renaître : cette couche étoit celle d'Élimélech ; cette autre, celle de Mahalon ou de son jeune frère..... cette arme (9), ce meuble étoit à leur usage. Ainsi entourée, Noëmi, dans sa fausse espérance, a cru un instant que ces êtres, objets d'un long regret, vont paroître à ses yeux : un instant, elle a cru distinguer des murmures de voix et des sons familiers à son oreille.... Déjà elle redemande à sa mémoire les noms et les termes consacrés par sa tendresse : sa langue s'apprête à les

5.

redire.... Une dernière et cruelle réflexion, qui lui rappelle les désastres de l'exil, la rend bientôt au sentiment de sa douleur.

Un ami véritable est un trésor du ciel dans la bonne fortune ; en la partageant, il nous en fait mieux sentir le prix ; sa prudence dirige l'emploi de nos richesses, et ses conseils désintéressés en préviennent l'abus : mais lorsque nous sommes malheureux, combien n'est-il pas encore plus doux d'avoir à nos côtés un être bon et sensible qui plaigne notre triste sort ? Ne ferions-nous que lui montrer notre blessure, ne feroit-il qu'y poser la main et entendre, avec complaisance, de no-

e bouche, comment le coup nous
été porté, nos souffrances, quel-
ue vives qu'on les suppose, cesse-
oient déjà de passer nos forces.

Tel fut l'avantage que Noëmi tira
e la société de sa belle-fille, dont
s égards et les tendres attentions
e pouvoient, à la vérité, chasser
es premiers et vifs souvenirs ré-
lamés par la nature, mais en di-
ninuoient toujours l'amertume. Elle
voit sûrement ses vues, cette su-
rême sagesse qui, en faisant croître
ur la terre des baumes d'une effi-
acité reconnue contre les infirmités
le notre frêle machine, n'a pas
ermis qu'il existât de remède sou-
erain pour les plaies du cœur.

Dans les petites villes, l'arrivée d'un étranger, le départ ou le retour d'un voisin, sont des événemens dont on s'entretient aussitôt dans toutes les familles. Le jour, en s'accostant, on se les raconte; le soir, on les redit à la veillée. La veuve d'Élimélech est à peine entrée dans Bethléhem que, malgré la retraite et l'obscurité, au sein desquelles coulent ses jours, elle sert d'aliment aux conversations. Les uns disent (10) : « C'est » sans doute pour vendre quelque » portion de l'héritage de son mari » qu'elle a entrepris cette longue » route; après quoi, elle retournera » dans la contrée de Moab. » Les autres se demandent, quelle est cette jeune étrangère qui accompagne ses pas ? — « C'est sûrement une de ses » brus dont on l'aura fait suivre, dans » la crainte que son aversion pour » les idoles ne l'engage à prolonger » son séjour parmi nous. » Et presque tous, selon la coutume, érigent leurs conjectures en certitudes.

Si Noëmi traverse les places publiques, la curiosité la suit et porte sur son passage les habitans de Bethléhem. Les femmes qui l'ont connue avant son départ pour une région étrangère, mais qui ignorent les malheurs dont le fardeau pèse sur sa vieillesse, l'abordent, en lui adressant quelques paroles flatteuses, où revit leur ancienne amitié : car l'épouse d'Élimélech emporta de communs regrets ; et une absence de dix ans n'a pu effacer le souvenir de ses graces et de la douceur de son commerce.

« C'est cette Noëmi à laquelle
» nous avons songé si souvent, et que
» nous désespérions de revoir ; c'est
» elle-même. — Vous voilà donc ,
» Noëmi, s'écrie - t - on de toutes
» parts ; soyez la bien - venue en
» Israël ! Nous sera-t-il donné de
» vous y conserver long - temps ?
» Bien des années ont déjà fini leur
» cours depuis celle où vous nous
» quittâtes. »

Quoique sensible à ces témoi-gnages d'un tendre intérêt, Noëmi

ne peut s'empêcher de répondre
avec un mouvement de tête accompagné d'un soupir douloureux, tel
qu'il s'en échappe du sein de
l'homme, lorsqu'il poursuit de ses
tardifs regrets un bonheur qui s'é-
loigne sans retour. « Cessez, cessez
» de m'appeler de la sorte, mes
» chères amies, le nom de *Noëmi*
» ne doit plus être le mien, puis-
» qu'il réveille des idées de beauté.
» Donnez-moi plutôt celui de *Ma-*
» *ra*; c'est le seul qui me con-
» vienne (11); car le Seigneur m'a
» fait boire à longs traits dans la
» coupe amère. Hélas! je vous ai
» quitté riche et comblée de satis-
» factions, et Dieu me ramène

» parmi vous pauvre et délais-
» sée (12)! J'avois un époux, j'a-
» vois des enfans!... C'est alors que
» vraiment l'on pouvoit me dire
» belle, et que mon cœur étoit
» enflé de joie! Le Tout-Puissant
» m'en a punie avec bien de la ri-
» gueur..... Pourquoi donc appeler
» *Noëmi* celle que le Seigneur a
» humiliée, celle dont il a courbé
» le front sous le chagrin? Mes
» chères amies, ce nom ne seroit
» désormais qu'une erreur, et je
» vous en prie, ne la commetiez
» plus. »

En rentrant dans sa modeste demeure, la veuve d'Élimélech, après
chacune de ces rencontres, verse
des

des larmes, que sa bru s'empresse
d'essuyer ; et il est rare que les
caresses de l'aimable Moabite ne
fassent pas naître au moins un sourire
d'affection ou de reconnoissance
sur les lèvres de sa compagne. Le
soin que Ruth prend de consoler
Noëmi n'est point perdu pour elle-
même : son cœur se remplit de la
paix qu'elle appelle dans celui de
sa mère ; et fortes de leur confiance
dans les bontés de l'Éternel, les
deux veuves puisent à la même
source l'oubli de leurs peines passées. Ainsi, le fleuve fertilise son
double rivage : sur l'un et l'autre
bord la terre se revêt de gazon ;
les plantes inclinent vers le canal

6

leurs calices odorans ; rafraîchis
par la même onde, les arbres rap-
prochent leurs tiges et semblent ,
en se tendant les bras , élever un
temple à la Divinité qui fait couler la vie dans leurs rameaux et
qui épaissit leur feuillage.

Fidèle à l'alliance que le Seigneur
avoit juré avec les enfans de Jacob , Noëmi observoit religieuse-
ment les pratiques qu'elle ordonne.
Ruth qui déjà nourrissait une pro-
pension secrète pour la loi sainte ,
avant son arrivée à Bethléhem ,
s'en acquittoit avec ce zèle qui
vient du cœur et qu'alimente la
grâce du Très-Haut. Le Dieu vivant étoit adoré et béni sous le

toit des deux plus pauvres veuves qui fussent en Israël. Dès l'aube du jour, elles l'invoquoient et s'unissoient, dans leurs vœux, aux vœux que les descendans d'Aaron présentoient au nom du peuple, sous une forme prescrite. L'Arche sainte étoit à Silo : c'étoit une de leurs peines de ne pouvoir assister au sacrifice qui, chaque matin, s'offroit à l'entrée du tabernacle, couvert alors d'un simple toit de peaux de brebis. Au défaut de victimes, que leur état d'indigence ne leur eût pas permis d'apporter, leurs ferventes prières seroient montées vers le trône de l'Éternel avec la douce vapeur de l'encens et la fumée des holocaustes (13) : elles se le disoient, non sans regrets ; et celui qui lit au fond des cœurs leur en tenoit compte, en mêlant à leurs travaux l'esprit de contentement et de résignation. Cependant la chûte rapide des heures amenoit le crépuscule du soir ; alors leurs mains quittoient l'ouvrage pour apprêter un repas où le nécessaire se présentoit avec épargne à la faim ; car, depuis son départ, le champ d'Élimélech étoit resté sans culture.

Dans les occupations que se partageoient les deux veuves, Noëmi, toujours soulagée par le zèle empressé de sa belle-fille, ne prenoit des soins du ménage que ce qu'il

en falloit pour l'attacher au petit
établissement qu'elle venoit de former. Ruth n'avoit garde d'oublier
que la vieillesse, en cela semblable
au premier âge de la vie, aime à
paroître utile, malgré le refus de
ses forces. Dès l'aurore, l'eau étoit
puisée à la source voisine ; des
rameaux secs, recueillis dans les
champs, étoient amoncelés auprès
de la porte, et la jeune Moabite ne
laissoit à sa mère, dont le réveil étoit
presque toujours accompagné d'une
douce surprise, que les menus détails de l'ordre et de la propreté do-
mestique. Voilés presque par la
bonté de son cœur, les services qu'elle
rendoit à Noëmi en avoient le charme
délicat et touchant. 6.

La veuve d'Élimélech retrouve
enfin le calme après de longs ora-
ges ; elle rend grâce à la suprême
sagesse qui dispense à son gré, et
les biens et les maux dont se compose la chaîne de cette périssable
vie ; et si elle forme, en secret,
quelques vœux, ils se bornent à un
accroissement d'aisance qu'elle dé-
sire plus pour sa bru que pour elle-
même.

« Ma chère fille, disoit-elle dans
» un tendre épanchement, la douce
» paix est enfin descendue dans
» mon ame ; je le sens : et quand
» le Tout-Puissant appelle, avec
» les ombres, le repos du soir sur
» ses créatures, mes yeux retrou-

» vent aussi le sommeil. Aimable
» Ruth, je sais, après le Seigneur,
» à qui j'en suis redevable : pour
» accompagner une pauvre veuve,
» vous avez renoncé à votre fa-
» mille et à votre pays ; vous avez
» eu le courage généreux de vous
» associer à ma misère Puisse ce-
» lui qui nous voit et nous entend en
» alléger, pour vous, le fardeau ! je
» ne lui demande rien de plus. N'est-
» ce pas déjà beaucoup qu'il vous
» ait inspiré le désir de me suivre ?
» Bénis soient le jour, le moment,
» la terre, où, malgré mes refus,
» vous vous êtes attachée à mes
» pas ! Fasse aussi le Ciel que ja-
» mais vous ne vous repentiez d'être

» venue partager avec moi ce soli-
» taire asile ! Si cependant votre
» cœur formoit quelques regrets bien
» excusables, de grace, ma chère
» fille, laissez-moi les ignorer ; car
» je sens trop que je ne pourrois
» plus me passer de votre présence,
» et certainement je n'aurois pas,
» comme autrefois, la force de con-
» sentir à une séparation. »

« O ma mère, répond la sen-
» sible Ruth, pourquoi parler de
» séparation à celle dont l'unique
» volonté est de vivre et de mourir
» avec vous? Le Seigneur, votre
» Dieu et le mien, a exaucé ma
» prière, dans la route de Moab,
» quand j'ai obtenu de votre bonté

» la faveur de vous suivre en Ju-
» dée, et s'il n'a pas regardé mon
» mariage dans sa clémence, j'es-
» père au moins qu'il donnera sa
» bénédiction à mon attachement
» pour vous. »

Après les traverses qui ont éprou-
vé la vertu des deux veuves, la vie
qu'elles mènent auroit peut-être ses
douceurs, si le besoin décourageant
ne frappoit à leur porte. Affoiblie
par de longues afflictions encore
plus que par l'âge, Noëmi tombe
dans un état d'épuisement qui ne
lui permet plus de fournir la tâche
qu'elle s'est imposée ; et, quoiqu'il
redouble d'activité, le zèle de Ruth
ne peut suffire à leur commune

subsistance. Un soir, après avoir
poursuivi son travail au milieu des
ténèbres, dont la pâle lueur d'une
lampe, dans un cercle étroit, brise
à peine l'épaisseur, la jeune Moabite se prosterne au pied de la
couche sur laquelle sa compagne
goûte le repos, le triste repos du
besoin, et, les larmes aux yeux,
elle invoque ainsi la toute-puis-
sance céleste.

« Dieu d'Israël que Mahalon a
» commencé à me faire connoître,
» et que Noëmi me fait chérir, vois
» d'un œil de pitié, deux veuves dé-
» solées, dépourvues de tout secours.
» L'une fidèle à ta loi, arrive d'une
» terre lointaine pour se rappro-

» cher des seuls autels dont l'encens
» te soit agréable. Tu connois la
» pureté de son cœur, et tu sais
» qu'elle ne s'est jamais assise aux
» fêtes de l'étranger. Le désir de
» revoir les tantes de Jacob, lui a fait
» quitter l'abondance de Moab, et
» elle est venue chercher, près de
» toi, l'oubli des malheurs qui ont
» affligé ses vieux ans... L'autre,
» misérable inconnue, n'est sûre-
» ment pas digne que tu arrêtes sur
» elle un seul de tes regards. Mais,
» ô Seigneur tout-puissant (14)! si
» ton humble servante n'a pu trou-
» ver grace devant toi, distingues au
» moins celle qui est de ta famille
» chérie, et qui, comme telle, doit

» avoir part à ton héritage. Ne laisse
» pas Moab dire, avec orgueil,
» qu'elle est revenue de si loin dans
» le pays de son Dieu, pour y périr
» de misère ; car tel sera bientôt son
» triste sort. Ses forces s'épuisent,
» son courage s'éteint ; tu la vois
» languissante sur cette couche,
» tandis que, dans de mortelles
» angoisses, je veille à ses côtés,
» trop heureuse d'apporter, par
» mon travail, quelque soulage-
» ment à ses maux. Si tu ne viens à
» mon aide, que pourra toutefois
» ma foiblesse ? Dieu d'Israël, sé-
» coures Noëmi, et disposes en-
» suite, comme il te plaira, de la
» dernière de tes esclaves ! »

La

La prière est toujours fervente, quand on a sous les yeux l'être chéri qui en est l'objet ; cependant Ruth, dans la crainte de troubler le repos de sa belle-mère, a prononcé la sienne à voix basse. Après l'avoir recueillie avec une douce émotion, l'Ange du Seigneur s'empresse de la porter vers le trône des miséricordes, où elle est à l'instant exaucée. Dans les vœux qu'elle vient de former, la modeste étrangère n'a oublié qu'elle-même ; mais Dieu se souvient des projets qu'il a sur elle, et touché de sa pieuse douleur, au sein de laquelle brille la foi la plus vive, il donne, sans délais, le signal de leur accomplissement.

Les vapeurs du sommeil descendent sur les paupières de Ruth, et la surprennent avant qu'elle ait quitté le bord de la coûche de Noëmi. A peine elle a cédé à leur impression, qu'un songe préparé par l'Ange qui vient de présenter sa prière, la transporte dans de belles campagnes, où un vieillard, d'une figure auguste, préside aux travaux de la récolte. Sous ses ordres, de jeunes gens pleins de vigueur, lient les gerbes pesantes; tandis que des femmes de tout âge les suivent, en cueillant les épis échappés à la faucille. Elles en forment de petites gerbes avec lesquelles elles sortent du champ aux approches de la nuit. Le vieillard

les regarde passer l'une après l'au-
re, et un sourire encourageant repose sur ses lèvres. L'une d'elles,
qui a glané plus long-temps que ses
compagnes, semble se retourner
vers la fille de Noëmi, pour lui
adresser ces paroles :

« Veuve de Mahalon, que ne
» faites-vous comme nous ? C'est
» ainsi que des guérets du riche,
» l'éternel a voulu qu'il s'échappe
» quelques parcelles de son abon-
» dance, jusqu'à la cabane du
» pauvre. »

Le sommeil de Ruth finit avec
cette vision qui renferme un avis
dont elle se propose de profiter. Elle

rend graces à la bonté du Ciel, et le cœur plein d'espoir, elle salue, par sa prière innocente, le jour qui vient de naître.

FIN DU PREMIER LIVRE.

*Qu'elle est cette jeune fille demande
t-il à celui qui vient de descendre*

LIVRE SECOND.

LA vieillesse dort peu , et le chagrin amène bientôt l'heure du réveil. Malgré le silence qui règne sous son humble toit, Noëmi ne tarde pas à ouvrir les yeux ; la veuwe de Mahalon, qui n'attend que cet instant, sans le vouloir hâter , se présente devant elle , et lui adresse ces mots dictés par ses inquiétudes filiales.

« Il ne reste que peu de farine
» dans la mesure, et il n'y aura

7.

» bientôt plus d'huile dans le vase ;
» la récolte des orges est pourtant
» avancée. Si vous y consentez ,
» ma mère, j'irai dans les champs
» voisins de la ville ; je marcherai
» à la suite des moissonneurs , et ,
» ainsi que le permet la loi de
» votre peuple (1), je recueil-
» lerai les épis qu'ils auront ou-
» bliés. Tout léger qu'il est, ce
» secours ne me semble pas à
» dédaigner dans notre position.
» Un heureux pressentiment me
» fait même croire que le Ciel
» conduira les pas de votre enfant
» vers les biens de quelqu'honnête
» père de famille, dont la bonté
» soulagera notre détresse (2). »

« Allez, ma fille, lui répond
» Noëmi, que les choses arrivent
» comme vous venez de le dire ! »
et elle imprime en même-temps
un baiser sur le front de la jeune
Moabite.

Après avoir préparé l'aliment
qui doit ranimer les forces de sa
mère ; après s'être acquittée de ses
soins journaliers dans la maison
d'Élimélech, Ruth s'éloigne d'abord
avec confiance ; mais elle se voit à
peine hors de Bethléhem, qu'une
partie de son courage l'abandonne.
Née de parens riches dont les troupeaux couvroient la plaine fertile
que traverse l'Arnon, il n'y avoit
pas encore long-temps qu'elle par-

tageoit , avec sa sœur Orpha , l'aisance du toit maternel ; et il lui en
coûte de faire sur le cœur d'autrui
ce premier essai qu'ordonne, dans
sa rigueur , la pauvreté soucieuse,
qu'accompagne toujours un honteux embarras, et que lui a con-
seillé sa tendresse pour Noëmi.
Elle avance dans la route , bordée
des deux côtés de riches moissons,
sans pouvoir se déterminer à entrer dans un seul des champs qui
s'offrent à sa vue.

« Seigneur, dit-elle en élevant
» ses beaux yeux vers le Ciel, je
» crois obéir à votre inspiration :
» pour comble de faveur, daignez
» encore guider mon inexpérience !

» je vais me présenter à la troupe
» de moissonneurs la moins éloi-
» gnée, et si je reçois un bon ac-
» cueil de celui qui y préside, s'il
» m'invite à entrer dans son champ,
» je reconnoîtrai que là même vous
» aurez voulu que j'arrête mes pas. »

Ainsi le sage envoyé d'Abraham, Eliézer, en arrivant en Mésopotamie, pour y trouver une épouse ligne de l'héritier de la promesse, s'adressa au Dieu de son maître, et obtint, dans sa simplicité pleine le foi, que l'Éternel lui-même lui indiquât le précieux objet de sa recherche.

D'un pas mal assuré, Ruth s'approche d'un jeune homme, sous

les ordres duquel une troupe nom-
breuse de serviteurs et de femmes gagées vaquait aux travaux de
la moisson. Elle hésite d'abord ;
d'une voix tremblante, elle expose,
en baissant les yeux, le sujet qui
l'amène, et un vif incarnat colore
aussitôt son front modeste. Le jeune
homme, qui se souvient de l'avoir
rencontrée auprès de la grande porte
de Bethléhem, lorsqu'elle arrivoit,
avec sa mère, du pays des Moabites, la reconnoît, et il s'empresse
de lui répondre de ce ton familier
à toute personne qui se croit blessée
par un doute injurieux.

« Je ne serois pas digne de la
» confiance du maître qui m'em-

ploie, si j'oubliois, à votre égard, un des usages les plus sacrés de notre nation. Jamais l'étranger, le pauvre, ou la veuve, n'ont encore été écartés de son champ, ou de sa porte ; jamais ils n'ont quitté son logis, sans y avoir trouvé un secours généreux. Ce ne sera surement pas moi qui, le premier, leur en interdirai l'accès. Femme de Moab, vous pourrez, quand il vous plaira, vous mettre à l'ouvrage (3). »

Rassurée, mais toujours timide, uth commence sa recherche ; elle e suit que de loin les moissonneurs, encore elle se contente de relever es épis dans les endroits où les

gerbes sont liées depuis long-temps.
Les ouvriers employés à la récolte,
remarquent, entre eux, sa réserve
et sa grace décente ; ils s'expliquent
assez haut sur son compte ; mais
leurs paroles flatteuses se perdent
dans les airs, sans que la jeune Moabite, uniquement occupée de son
travail, prête la moindre attention
à leurs discours. La tête baissée vers
le sillon, elle semble lui demander
avec une tendre sollicitude, l'aliment nécessaire au soutien de sa malheureuse amie.

Le soleil avoit achevé la moitié de
sa course, lorsque le possesseur du
champ où Ruth s'étoit arrêtée, le
vénérable Booz, l'un des hommes
les

les plus riches, les plus distingués,
et (ce qui est bien autrement re-
commandable aux yeux de l'Éternel) l'un des plus justes de sa tribu, arriva de Bethléhem pour visi-
er ses moissonneurs.

« Que le Seigneur soit avec vous,
» mes enfans, et loué soit le Dieu
» d'Israël qui veut bien nous don-
» ner une bonne récolte ! En effet,
» ces orges ont, à mon avis, une
» belle apparence. »

« Maître, lui répondit-on, vous
» ne vous trompez pas : le Seigneur
» vous a béni en votre champ,
» comme en toutes autres choses; et
» plaise à sa bonté le faire encore
» pendant de longues années !»

Le vieillard, en promenant ses yeux sur les blés renversés par la faucille, sur ceux qui sont encore debout, et sur les gerbes déjà nouées, aperçoit à l'écart la veuve de Mahalon qui, d'un air craintif, car elle est étrangère et pauvre en Israël, ramasse çà et là quelques épis.

« Quelle est cette jeune fille, » demande-t-il à celui qui conduit » les travaux? Il me semble que je » ne l'ai point encore vue dans » Éphrata (4). »

« Seigneur, lui répond le chef » de la moisson, c'est cette Moa- » bite dont Noëmi était accom- » pagnée à son retour parmi nous.

» Certes, je n'ai qu'un bon té-
» moignage à vous en rendre. Elle
» nous a priés de la laisser glaner
» à la suite des moissonneurs, et
» depuis ce matin qu'elle est entrée
» dans le champ, jusqu'à l'heure
» présente, elle a continué son
» travail, sans se permettre le plus
» léger repos. »

Booz ayant entendu ces paroles,
donne quelques ordres et s'approche
de l'endroit où Ruth, toujours
courbée, recueille les grains échappés à la gerbe.

« Écoutez-moi, ma fille, lui dit-
» il avec bonté, votre activité me
» plaît. Gardez-vous de quitter ce
» champ pour diriger ailleurs vos

» recherches. Si vous vous trouvez
» bien ici, rien ne vous empêche
» d'y rester : croyez même que l'on
» vous y verra toujours avec plai-
» sir. Entrez dans les rangs des
» femmes, et partout où la faucille
» aura passé, avancez hardiment ;
» car j'ai ordonné à mes gens de
» ne vous gêner en aucune façon.
» Bien plus, si la soif vous presse,
» marchez vers l'endroit où les
» outres sont déposées (5), désal-
» térez-vous sans crainte, et usez,
» en toute liberté, des rafraîchis-
» semens destinés à mes serviteurs;
» mes intentions leur sont connues. »

A l'approche du maître du champ,
la jeune Moabite avoit baissé les yeux

vec une timidité mêlée d'inquiétude.
Les paroles encourageantes qui lui
ont adressées l'enhardissent ; elle
ève la vue, et reconnoît, dans la
personne de Booz, le vieillard que
'Ange lui a présenté, la veille, dans
'illusion d'un songe. C'est le même
ort, la même majesté de figure,
empérée par la même douceur.
'rappée de cette ressemblance,
u'elle étoit loin de prévoir, elle
loie respectueusement les deux ge-
oux, et le front incliné vers le gué-
et, elle laisse échapper ces mots
le ses lèvres :

« Seigneur, d'où me vient d'être
assez heureuse pour trouver grace
devant vos yeux, et à qui dois-je

8.

» cet accueil plein de faveur que
» je reçois de vous, moi qui ne
» suis qu'une misérable étrangère? »

Le vieillard reprend :

« Je sais comment vous en avez
» agi avec votre belle-mère, après
» la mort de votre époux; je sais
» que vous avez tout quitté pour la
» suivre. Ni la famille dans laquelle
» vous avez été élevée, ni la terre
» natale, si douce pour ses enfans,
» n'ont pu vous détourner de votre
» généreuse résolution. La crainte
» du besoin ne vous a pas plus ar-
» rêtée que la nécessité de passer
» vos jours chez un peuple dont
» les mœurs vous étoient incon-
» nues. On m'a tout dit, ma fille,

» et j'ai tout écouté avec ravisse-
» ment ; car votre conduite est un
» exemple de sagesse que l'on citera
» pendant long - temps en Israël.
» Que le Seigneur vous traite donc
» selon vos œuvres, et puisse le Dieu
» de Jacob , dans lequel vous avez
» eu confiance, et sous l'aile duquel
» vous êtes venue de si loin cher-
» cher un refuge, vous récompenser
» avec largesse ! Il le fera , ma fille,
» gardez-vous d'en douter ; car s'il
» est notre Dieu , il est aussi le
» Dieu de l'étranger et de la vertu
» malheureuse...... Fiez-vous-en à
» ma parole : il n'oubliera pas qu'il
» doit son appui à celle qui lui a
» tout sacrifié. »

Ruth n'avoit jamais cru que s'acquitter d'un devoir, ou suivre un tendre penchant; aussi elle ne voit dans les éloges du vieillard qu'un encouragement dicté par cet esprit de bienfaisance, dont la réponse du chef de la moisson lui a déjà donné l'idée. Son amour-propre ne s'en glorifie pas.

« Seigneur, dit-elle, ce n'est » pas assez que vous ayez accueilli » ma misère; dans votre bonté, il » faut encore que vous adressiez » des paroles de consolation à la » plus humble de vos servantes; » car je sens combien peu je vaux, » et je n'ignore pas à quelle dis- » tance je suis de la moindre des

» femmes qui reçoivent vos or-
» dres. »

« Voilà justement , réplique
Booz, ce que le Dieu d'Israël
ne laissera pas sans récompense !
Allez, ma fille , que rien ne vous
empêche de continuer votre recherche. Souvenez-vous seulement de vous réunir à mes moissonneurs, quand l'heure du repas
sera venue ; vous partagerez avec
eux les alimens de tout genre que
je leur ai fait apporter ; j'ai veillé
à ce qu'ils ne manquent pas de
rafraîchissemens au milieu d'un
travail aussi pénible que celui de
la récolte, et je prétends que vous
en usiez comme un autre. »

Dans cet accueil flatteur, la sage
Moabite croit voir l'accomplissement du songe né de son sommeil
mystérieux sur la couche de Noëmi;
elle rend graces à l'Éternel qui réserve à sa foi des faveurs encore
plus signalées, et elle continue de
suivre le sillon avec un surcroît de
courage.

Cependant l'ombre des cèdres
commence à se projeter à l'Orient
de leurs tiges, et le jeune homme
qui préside aux travaux, a donné
le signal du repas. Les moissonneurs
laissent reposer leurs faucilles; les
femmes cessent de lier les gerbes
et tous à travers le chaume rac-
courci, gagnent en chantant le tertre

où les attendent les provisions des-
tinées à réparer leurs forces. Ruth
arrive la dernière ; mais tout est
prévu : on lui a gardé une place
honorable, à côté du chef des travaux, sous l'ombrage frais d'un
platane. Invitée pour la seconde
fois, elle s'y assied en rougissant ;
et convive modeste, elle appaise sa
faim à une table où chacun trouve
une abondante réfection. Des gâ-
eaux de la plus pure farine d'orge,
pétrie avec du miel (6), par ordre
de Booz, sont livrés à la troupe
des moissonneurs. Dans le partage
qu'on en fait, l'étrangère n'est point
oubliée ; mais ses lèvres ont à peine
effleuré ce mets délicat, que saisis-

sant l'instant où elle croit n'être pas
remarquée, elle en met la plus
grande portion en réserve. Le respectable vieillard seul s'en aperçoit : il en est attendri; car il de-
vine l'intention de la sensible veuve
qui, au milieu de l'abondance, songeant à sa mère, n'a pas voulu con-
sommer toute seule un aliment dont
Noëmi peut goûter avec plaisir.

Dès que le repas est achevé,
chacun retourne où l'appelle l'emploi qui lui est dévolu dans la moisson. Ruth, loin de se prévaloir des
attentions dont elle a été l'objet,
ainsi qu'elle l'a fait le matin, se re-
tire modestement à l'écart et continue de glaner. Avant de s'éloigner
lui-même,

ui-même, Booz renouvelle ses re-
ommandations au sujet de la jeune
Moabite; il ordonne en secret à ses
ens de laisser négligemment les épis
uir de leurs javelles, comme par
ubli ou précipitation, pour qu'elle
uisse en faire son profit, sans
u'on y prenne garde, et il ajoute :

« Par le Dieu vivant, quand elle
voudroit même moissonner avec
vous, ne vous y opposez pas!
Mais il n'en arrivera rien assuré-
ment, car vous voyez sa timidité
qui lui permet à peine de suivre,
de loin, la trace des femmes oc-
cupées à lier les gerbes. »

La fille de Noëmi, à laquelle une
onté prévoyante épargne ainsi le

sentiment de honte qui accompagne la pauvreté, lors même qu'on la soulage, trouve presque à faire une seconde moisson, partout où les gens de Booz ont passé. Elle recueille, sans rougir, les épis nombreux qu'une main libérale n'a pas délaissés sans dessein; et maintes fois elle se voit dans la nécessité de porter au dépôt qu'elle s'est choisi, les petites gerbes dont elle est surchargée. Aux approches du soir, elle les étend sur l'aire, qui n'est distante que de quelques pas, et les ayant dépouillées de leur grain, à l'aide d'une branche de térébinthe, dont elle s'est servie en manière de fléau, elle ressent la satisfaction d'y trouver un éphi, ou trois mesures, équivalant au poids de quarante livres. Chargée de ce précieux fardeau, elle rentre dans la ville, à la faveur d'un reste de crépuscule.

Le désir de procurer quelques secours à sa mère, a été le principal mobile de son travail; aussi elle s'empresse de déposer sa richesse nouvelle aux pieds de la respectable veuve, qui ne s'attend pas à une telle abondance. « Ce n'est pas » tout; » ajoute Ruth, dont cette surprise accroît le bonheur, (car fût-il jamais rien de plus doux que d'offrir en même temps à ce que l'on aime, le fruit de son travail et

de ses privations?) et elle présente
à sa chère Noëmi la portion odo-
rante de gâteau précédemment mise
en réserve.

De plus en plus étonnée, la veuve
d'Élimélech lui adresse ces paroles,
qu'elle accompagne d'un obligeant
sourire :

« Quel champ avez-vous donc
» choisi pour but de vos recherches?
» Il faut, ma fille, que vous y ayez
» semé avec le possesseur, puis-
» qu'en vérité, vous y avez mois-
» sonné autant que lui-même. Soit
» béni à jamais l'homme de bien
» qui vous a regardée dans sa clé-
» mence ! Veuille le Ciel prolonger
» ses années, et multiplier au cen-

» tuple des richesses dont il fait
» un si saint usage ! Ma fille , dites-
» moi son nom , dites-le-moi. Je
» souhaite le mêler dans les vœux
» que j'adresserai au Seigneur tout-
» puissant qui a dirigé vos pas.
» Mes supplications lui en seront
» surement plus agréables ; car
» n'oubliez jamais, ma tendre amie,
» qu'il ne faut que le nom d'un
» juste pour enlever la prière jus-
» qu'au trône de l'Éternel. »

A peine la veuve de Moab a
nommé Booz, que Noëmi poursuit
avec attendrissement :

« J'aurois dû le deviner.... Voilà
» comment il a conservé à ceux qui
» ne sont plus, la même amitié qu'il

9.

» leur avoit vouée pendant qu'ils
» jouissoient du don de la vie ! Ma
» fille , cet homme de bien est
» notre parent, notre très-proche
» parent, vous dis-je.... Il chéris-
» soit Élimélech, et il lui en a
» donné des preuves , dont la mé-
» moire me sera toujours pré-
» cieuse (7). A la veille d'unir sa
» main à la mienne, votre beau-
» père conçut le projet de faire
» rentrer dans sa famille un champ
» qui depuis peu, en étoit sorti :
» la somme que ce retrait exigeoit,
» ne laissoit pas d'être considéra-
» ble ; car nous étions encore éloi-
» gnés de l'année jubilaire (8). Il
» s'engagea dans des recherches

qui accrurent son regret de ne
pouvoir rassembler les trente
sicles d'argent dont il avoit besoin. Booz le sut ; c'étoit assez ;
et le lendemain de mes noces,
nous nous trouvâmes en possession
de cette pièce de terre et d'une
charrue attelée de deux bœufs,
pour la mettre en valeur. Il ne
s'est pas borné là. Quand la di-
sette fit sentir ses premières at-
teintes en Israël, plusieurs habitans d'Éphrata prirent la résolution d'aller chercher des secours
chez les nations voisines, que
d'abondantes récoltes mettoient à
l'abri de ce fléau. Comme vous le
savez, nous fûmes de ce nombre;

» mais ce que vous ignorez peut-
» être encore, c'est qu'au moment
» de notre départ, Booz accourut
» auprès de mon mari; il essaya
» tous les moyens de le retenir ;
» il s'engagea à partager avec nous
» le peu que la rigueur du ciel lui
» laisseroit ; enfin (car jamais les
» effets n'ont manqué chez lui de
» suivre les paroles), il déclara
» qu'il nous feroit porter, sans au-
» tres délais, quelques éphis de bleds
» de différentes espèces; mais Eli-
» mélech avoit pris son parti. Il
» craignoit de lasser la bonté de
» son parent, encore plus de lui
» devenir à charge, et nous nous
» acheminâmes vers la terre où il

devoit trouver sa sépulture, et où il n'a pas été seul à laisser sa dépouille.... Ainsi l'avoit arrêté le Seigneur, celui dont la foible voix de l'homme n'oseroit interroger la volonté. Que son saint nom soit béni !

» Voilà, ma fille, de ces choses dont on ne pourroit perdre le souvenir, dût le Ciel accumuler sur nos têtes les années qui composent l'âge du cerf ou de la corneille vivace. Que le Tout-Puissant protège donc ce digne ami dans toutes ses entreprises, et nous acquitte envers lui, puisque nous ne saurions nous flatter de nous acquitter nous-même ! »

Les malheurs de l'exil s'étoient présentés confusément à la mémoire de Noëmi ; quelques larmes s'échappèrent de sa paupière et vinrent mouiller la laine qu'elle tournoit entre les doigts. Le son altéré de sa voix et la lueur de la lampe qui se reflétoit sur son visage, rappelèrent à la tendre Ruth les chagrins de l'épouse, et lui révélèrent les souffrances du sein maternel. La veuve de Mahalon soupire elle-même amèrement ; et pourtant dans le dessein de faire une diversion à la douleur de sa compagne, elle se hâte de rompre le silence en ces termes :

« Ma mère, j'oubliois de vous » dire que cet homme de bien

m'a invitée à me joindre à ses
gens et à travailler avec eux aussi
long-temps que doit durer encore
la moisson. »

« Et si vous me croyez , ma
fille, » reprend la veuve d'Élimé-
ech , avec ce ton réfléchi dont
se la vieillesse , quand elle veut
onner du poids à ses paroles ,
vous profiterez de cette offre
obligeante ; car il est beaucoup
plus convenable pour vous de
passer les longues heures du jour
dans la société des femmes aux
ordres de notre parent , que
d'aller , de champ en champ, re-
cueillir quelques chétifs épis qui
vous seroient peut-être disputés.

» Mon aimable Ruth, je dois vous
» le dire, vous êtes jeune; le Sei-
» gneur a répandu des graces sur
» votre front, comme sur toute votre
» personne; mais malheureusement
» tous les hommes ne ressemblent
» pas à Booz; tous ne craignent
» pas, comme lui, l'Éternel, et ne
» se tiennent pas, avec respect,
» dans l'auguste présence de l'in-
» fortune. Il y a surement des ver-
» tus en Israël; mais il s'y trouve
» aussi des enfans de Bélial. J'en
» prends à témoin l'épouse trois fois
» à plaindre du lévite d'Éphraïm.
» Sa lamentable aventure a retenti
» depuis Dan jusqu'à Bersabée,
» et partout elle a fait couler des
               » pleurs.

pleurs. Vous avez appris de ma bouche, qu'une tribu presqu'entière a payé de son sang ce grand crime (9). Je ne vous cache donc pas, ma chère fille, que je ne serai vraiment exempte d'inquiétude à votre égard, qu'en vous sachant occupée dans le champ d'un homme de bien, dont tout Bethléhem chérit la bonté et respecte le caractère (10). »

Ainsi s'exprime la sage veuve, et elle médite déjà en elle-même un projet, de l'exécution duquel dépend, à ses yeux, le repos de sa vieillesse. Son cœur s'y complaît d'autant plus, qu'elle y trouve un moyen assuré de récompenser le dévouement filial de l'épouse de Mahalon. Sans percer dans l'avenir, la douce Ruth, dont tous les souhaits se bornent à suivre la volonté de sa mère, reconnoît la sagesse d'un conseil avec lequel ses goûts s'accordent en secret. Elle se réjouit même en songeant qu'elle sera exempte de se livrer le lendemain à de nouvelles recherches ; car après avoir rencontré, par une faveur du Ciel, des cœurs compatissans, il lui en coûteroit beaucoup de hasarder quelqu'autre part un essai toujours pénible et souvent infructueux. Il n'est pas néanmoins de sacrifice auquel elle ne consentît encore pour sa chère Noëmi. Si elle demandait pour elle-même, sa timidité naturelle arrêteroit peut-être la parole au passage de ses lèvres ; mais en demandant pour sa mère, elle ne peut désormais éprouver d'autre crainte que celle du refus.

Elle rentra dans le champ de Booz avec l'aube du matin, et s'étant présentée au chef de la moisson, elle fut inscrite par lui au nombre des femmes dont on recevoit et payoit les services.

FIN DU SECOND LIVRE.

LIVRE TROISIÈME.

La veuve de Mahalon suivit tous les travaux de la récolte dans le champ de Booz. Aux approches du soir, le vieillard avoit accoutumé d'en venir reconnoître les progrès; sa présence réjouissoit tous ses serviteurs; car il les traitoit tous avec bonté. Ses regards sembloient cependant s'arrêter avec plus de complaisance sur la jeune Moabite; et il étoit rare qu'il passât à côté d'elle, sans lui adresser quelques paroles

Après l'avoir invitée à tenir son...
..... il y verse six pleines mesures de...

encourageantes. Les ouvriers, oc-
cupés du soin de la moisson, lui
témoignoient aussi, à leur manière,
le tendre intérêt qu'elle leur inspi-
roit. La tâche la moins pénible,
le poste le moins frappé des rayons
du soleil lui étoient assignés par ses
compagnes. Malgré la trace encore
récente du chagrin, sa physionomie
offroit un mélange si noble de pudeur et de beauté, qu'en se confor-
mant avec plaisir au ton du maître,
chacun y ajoutoit, sans presque s'en
apercevoir, celui du respect. Ho-
norée de la protection d'un des
chefs les plus distingués de Juda,
loin d'en tirer avantage, Ruth la
rapportoit toute entière à sa véné-

rable amie. Toujours modeste, elle se trouvoit trop heureuse qu'on acceptât ses services. Après la récolte des orges, elle aida à celle des fromens. Des tas de gerbes furent amoncelés autour de l'aire, et la grange du fils opulent de Salmon se trouva remplie des bénédictions de l'Éternel (1).

Ruth rentroit chaque soir dans Bethléhem avec le salaire de sa journée. La joie d'offrir bientôt ce secours à sa mère, hâtoit ses pas pendant le trajet, et elle arrivoit avec un front sur lequel le contentement étoit peint. Douce récompense de sa peine ! Noëmi, dont la santé s'étoit raffermie, l'attendoit à la porte avec un bienveillant sourire : un pieux entretien , accompagné de quelque travail , s'établissait ensuite entre les deux veuves unies par les liens du sang , comme par ceux de l'infortune. Tandis que la navette , au sortir de leurs mains , glissoit sur la trame , que l'aiguille entre leurs doigts unissoit divers tissus, ou que le lin , avec un léger murmure , se rouloit sur le fuseau, Noëmi interrogeoit les souvenirs des anciens âges : elle racontoit à sa bru attentive ce que la tradition du peuple élu offroit de plus attachant ou de plus remarquable. Un jour , c'étoit l'histoire des sept filles de Jéthro et du fils d'Amram, qui protégea

leur foiblesse contre des pâtres gros-
siers ; la soirée suivante, celle de la
tendre Axa (2) qui, après avoir des-
cendu de son âne par le conseil d'un
époux, se mit à marcher, en sou-
pirant, à côté de son père, le sage
Caleb, et en obtint la verte prairie
qui faisait l'objet de ses vœux. Dans
d'autres momens, elle rappeloit le
Jourdain desséché sous les pieds
des Lévites, le cordon nacarat sus-
pendu à la fenêtre de la jeune Rahab, associée ensuite à la nation
sainte (3), et les fêtes de Silo, où
les derniers des Benjaminites quit-
tèrent le rocher qui leur avoit servi
de refuge, pour enlever des femmes
à leurs frères des autres tribus, dont

la pitié, en cette occasion, éluda
un serment redoutable (4).

Plus d'une fois la jeune Moabite
avoit recueilli ces faits de la bouche
de sa belle-mère ; mais sachant avec
quel charme les personnes avan-
cées dans la carrière de la vie, re-
portent leur mémoire sur les temps
écoulés, elle engageoit insensible-
ment la veuve d'Elimélech à rede-
mander à la sienne ces narrations
l'une simplicité antique et touchante.
Toujours Noëmi, et sans qu'elle y
prît garde, quand les regrets du
passé, mêlés aux craintes de l'avenir, répandoient leurs nuages sur
son front, se trouvoit conduite vers
les épisodes, dans le récit desquels

se complaisoit davantage sa vieillesse : c'étoit alors Agar et Ismaël
dans le désert ; Joseph en Egypte ;
le petit Moyse arrêté parmi les ro-
seaux, et les autres traits de l'histoire nationale le plus en rapport
avec la position des deux amies.
Foibles et délaissées, elles aimoient
à se rappeler les secours imprévus
que, dans sa bonté, le Ciel accorde
au malheur.

Ainsi s'écouloient les heures dans
la maison d'Élimélech. Quoique les
soirées de l'automne commençassent
à s'allonger, l'ennui ne provoquoit
jamais les deux veuves au sommeil :
elles n'étoient invitées à chercher
un doux repos, que par la lumière

obscurcie de la lampe qui éclairoit eurs veilles, ou par la foible châeur d'un foyer qui n'avait plus l'alimens.

Toutes les gerbes étoient enlevées lu champ de Booz ; les orges froisées sur l'aire, y avaient laissé leur iche dépouille, et Noëmi crut que e moment étoit venu d'exécuter le projet qu'elle avoit mûri dans le ilence de sa retraite.

« Ecoutez-moi, dit-elle à sa fille qui revenoit pour la dernière fois de son travail (car la moisson étoit partout achevée aux environs de Bethléhem); la peine et le chagrin donnent du poids aux années déjà si pesantes d'elles-mêmes ;

» ma route ici bas a été d'abord
» agréable, ensuite mauvaise et
» remplie de traverses : maintenant
» le Seigneur commence à me con-
» soler ; mais j'ai déjà fait bien des
» pas dans le chemin de la vie, et
» j'ignore combien de jours il plaira
» au Ciel d'ajouter à ceux que je
» tiens de sa bonté. Rien ne trou-
» bleroit davantage ma dernière
» heure, que le regret de vous lais-
» ser seule et sans secours sur une
» terre étrangère, où votre cons-
» tante amitié vous a fait me suivre.
» Dans cette inquiétude, j'ai songé,
» ma chère fille, à vous assurer un
» établissement convenable, dont
» vous puissiez jouir après moi et

à

» à l'ombre duquel il vous soit per-
» mis de goûter le repos dû à votre
» mérite. »

En prononçant ces paroles, Noëmi
serre tendrement entre ses mains
la main de Ruth, dont ce discours
afflige plus le bon cœur, qu'il n'ex-
cite sa curiosité : la veuve d'Elimélech continue :

« Je vous ai déjà dit que le pos-
» sesseur du champ où vous avez
» été employée pendant la sai-
» son de la récolte, que le véné-
» rable-Booz nous appartient de
» fort près. A ce titre, comme
» veuve de mon fils, vous avez des
» droits sur sa personne : c'est un
« homme juste ; scrupuleux obser-

11

» vateur de la loi de Moyse, il ne
» les contestera pas. Il ne faut que
» les lui rappeler, et voici le moyen
» que j'ai cru le plus propre à nous
» faire atteindre ce but :

» Si je vous ai bien entendu,
» Booz doit, ce soir même, van-
» ner son orge ; et, selon l'usage,
» ce dernier travail sera suivi d'un
» repas égayé par la satisfaction
» d'avoir conduit à une bonne fin
» ce genre de récolte. Quoiqu'on
» vous vît sûrement avec plaisir par-
» mi les convives, gardez-vous d'y
» paroître : une autre occupation
» vous attend.

» Commencez, ma fille, par don-
» ner quelques soins aux attraits

» dont le Ciel vous a pourvue dans
» sa bienveillance. Booz a déjà paru
» arrêter ses yeux sur vous avec un
» tendre intérêt, et il est bon qu'il
» sache qu'en remplissant un devoir
» à votre égard, il se choisira une
» compagne dont la beauté relève
» encore la vertu. Entrez donc dans
» le bain ; parfumez-vous, et mettez
» cette robe soyeuse, présent d'une
» mère à votre départ de Moab (5);
» ajoutez-y cette tunique, dont le
» tissu sorti de mes mains, pen-
» dant que la moisson vous retenoit
» loin de moi, m'a aidé à sup-
» porter l'ennui de votre absence.
» Que vos cheveux nattés couron-
» nent avec grâce votre front, et

» faites-en retomber le voile de fin
» lin que vous devez à votre propre
» industrie. Enfin, ma chère fille,
» ne négligez aucun de vos avan-
» tages, et que tout, jusqu'à votre
» chaussure, se montre soigné dans
» cette importante occasion.

» Ainsi parée, vous descendrez
» dans l'aire de notre parent; et,
» favorisée par les ombres du soir,
» vous vous tiendrez à l'écart jus-
» qu'à ce qu'il ait achevé son re-
» pas. Vous n'oublierez point de
» remarquer l'endroit où il ira
» goûter le repos du sommeil; et,
» après vous être approchée sans
» bruit, relevant le bas du tapis
» dont il se sera couvert, vous vous

» coucherez à ses pieds (6). Telle
» est votre tâche, ma chère fille.
» La mienne est de prier l'Ange
» du Seigneur de veiller sur vos
» pas ; croyez que ma tendresse
» fera marcher devant vous toutes
» les bénédictions du ciel. »

La jeune Moabite est alarmée de
ce projet de sa belle-mère. Son
effroi se peint sur son front et sur
ses joues veloutées, semblables,
en leur vive rougeur, aux dernières feuilles que l'automne n'a
pas encore détachées de la vigne
d'Engaddi, ou de l'amandier de
Sion. Noëmi s'en aperçoit, et s'empresse de calmer les inquiétudes que
son discours a fait naître.

« Loin de moi, dit-elle, l'idée
» d'enlever à mon aimable Ruth
» cette douce réserve qui lui sied
» si bien ! La pudeur embellit le
» front de la timide vierge.; elle
» est presqu'une seconde virginité
» pour la jeune femme qui a con-
» nu les embrassemens d'un époux;
» ou plutôt elle fait à chaque ins-
» tant revivre chez elle cette fleur
» précieuse de la première inno-
» cence. Je le sais, ma chère fille,
» et ma bouche ne vous donnera
» jamais de conseil que n'avoue
» notre loi sainte : les usages de
» mon peuple autorisent celui que
» vous dicte aujourd'hui le plus
» tendre attachement. Le Ciel con-

» noît la pureté de mes intentions
» et la vertu de Booz me répond
» de la vôtre. Je n'ai rien de plus à
» vous dire. Notre parent vous ap-
» prendra lui-même, ensuite, ce
» que vous aurez à faire. »

Pour toute réponse, Ruth, d'une
voix affoiblie par un reste de crainte,
qu'elle ne peut surmonter, profère
ce peu de mots :

« Vous le voulez, ma mère, c'est
» assez ; je me conformerai à vos
» intentions. »

Elle entre d'abord dans le bain
que Noëmi lui a préparé : des par-
fums onctueux coulent sur sa che-
velure flottante, dont les tresses se
rattachent bientôt autour de son

front, symbole de pureté. La robe apportée de Moab entoure sa taille, et la tunique qu'elle doit à la tendresse de sa mère d'adoption, descend jusqu'à ses genoux. Cependant des bandelettes de pourpre assujettissent, sous son pied délicat, des sandales qui n'ont pas encore été mises en usage.

Noëmi sourit en la voyant franchir le seuil, ainsi parée; et toutefois elle donne un regret à la perte de son cher Mahalon, près duquel, dans des jours plus heureux, elle se souvient d'avoir vu la fille de Moab marcher avec le même charme et les mêmes grâces.

A l'heure où les premières ombres

lu soir commencent à rendre les
ormes des objets indécises , plus
raintive que le chevreuil ou le
ion do biche , réveillé sur les
montagnes de Béther par le bruit
u voyageur , la bru d'Elimélech
ntre dans le chemin qui mène au
hamp de Booz. Inquiette de ce qui
1 se passer , étonnée de sa propre
ésolution , tout lui fait ombrage
utour d'elle : elle redoute que
uelqu'habitant d'Ephrata , venant
sa rencontre , ne la prenne pour
ie de ces viles créatures dont les
harmes servent au plus honteux
afic (7) ; et si on va la recon-
oître ! car un voile rassure peu sa
ideur , que dira-t-on de la fille

chérie de la sage Noëmi? Seule,
dans un tel moment, sur un chemin public, et ainsi parée!... A
cette idée, un feu subit empourpre
son front et ses joues. Elle veut
accélérer son pas; mais ses genoux
s'entre choquent, et ses jambes mal
assurées lui refusent presque leur
office....

Le Dieu de Jacob, qu'elle n'a
pas encore vainement imploré, de-
vient son refuge : elle l'invoque avec
confiance, et le calme rentre dans
son ame. « C'est à Noëmi que
» j'obéis, se dit-elle, à cette mère
» prudente qui connoît mieux que
» moi la loi du Seigneur, et qu'une
» prévarication effraieroit autant

» que moi-même. » Il ne faut rien
noins que cette pensée pour la raf-
'ermir dans son projet ; car la ver-
u a beau paroître pure et sans tache
ses propres yeux, elle veut en-
ore trouver une caution de sa con-
luite dans ce qui, autour d'elle,
ii semble le plus digne de ses hom-
nages.

Les ténèbres, s'épaississent et,
uoique d'un naturel timide, Ruth
n rend grâces au Ciel. Elle des-
end dans l'aire sur la fin même du
epas que Booz y donne à ses mois-
onneurs. De la grange, salle rus-
ique du festin, le son confus des
oix arrive jusqu'à l'oreille de la
euve de Moab qui se glisse dans

l'ombre, ainsi qu'au déclin du jour
la tourterelle de Damas, entourée
d'oiseleurs, retourne furtivement
vers le berceau de sa jeune famille.
Après un intervalle de silence com-
mandé par le fils de Salmon, le
chef des travaux entonne le chant
de la récolte, et les convives répondent en chœurs à ses accens.

Le Chef. « Nous avons labouré
» avec la charrue, et la semence
» a été recouverte dans le sillon :
» mais la main du Seigneur, seule,
» fait germer l'épi ; seule, elle
» le soutient sur son frêle chalu-
» meau. »

Le Chœur. « Loué soit à jamais
» le Dieu d'Israël, qui a ordonné
à

» à sa terre d'être féconde pour
» les enfans de Juda ! »

Le Chef. » Nous avons aiguisé
» la faucille, et les gerbes ont été
» nouées : mais c'est le Seigneur
» qui les a rendues pesantes ; c'est
» lui qui aux extrémités d'une paille
» légère, a fait monter la pure fa-
» rine du froment. »

Le Chœur. « Loué soit à jamais
» le Dieu d'Israël qui a ordonné à
» sa terre d'être féconde pour les
» enfans de Juda ! »

Le Chef. « Les javelles ont été
» étendues sur l'aire, et les mon-
» ceaux de grains s'élèvent main-
» tenant dans la grange : mais le
» Seigneur a fait luire son soleil ;

12

» et c'est pour cela que la terre
» docile a donné son fruit (a). »

Et puis tous répétèrent d'une voix
forte et sonore, ces paroles offertes
d'abord au Dieu de ses pères, par la
reconnoissance de leur maître.

« O mes amis, réjouissons-nous
» dans nos travaux, réjouissons-
» nous dans nos cantiques : car il
» n'est point de Dieu comme notre
» Dieu; il n'est point de patrie
» comme la nôtre! »

Ainsi chantèrent les moissonneurs.
Avec eux Booz avoit bu et mangé
dans la joie. L'Éternel avoit été
béni pour les dons que, d'année

_____

(a) Pseaume 66. *Terra dedit fructum suum.*

en année, d'une main constamment libérale, il verse sur ses
humbles créatures ; et tous les convives rassassiés songeoient à se procurer un endroit commode où ils
pussent reposer leurs membres jusqu'à l'aurore nouvelle. Ruth, attentive à tout ce qui se passe, les suit
de l'œil. Cachée derrière un char
qui a servi au transport de la moisson, elle apperçoit, à la foible lueur
d'un ciel étoilé, Booz qui se couche
auprès d'un monceau de gerbes.
Elle attend que le sommeil ait fer-
mé ses paupières ; ensuite elle vient
à la dérobée ; et après avoir con-
templé avec respect les cheveux
blancs et le front auguste du pa-

triarche qui repose en paix, au milieu de ses richesses champêtres, elle lève d'une main tremblante le bas du tapis qui le couvre, puis elle prend place à ses pieds, ainsi que l'a réglé Noëmi.

Le vieillard, qui se réveille vers le milieu de la nuit, est saisi de frayeur en apercevant une femme à si peu de distance. L'esprit troublé par un reste de sommeil, joint à la nouveauté de ce qu'il a sous les yeux, il demande brièvement à l'étrangère qui elle est.

« Je suis, balbutie la timide veuve » plus émue qu'il ne l'est lui-même, » je suis Ruth, votre servante, et » Mahalon fut mon époux ; comme

» son plus proche parent, n'éten-
» drez-vous pas votre manteau sur
» votre esclave ? »

C'est-là tout ce qu'elle se sent le
courage de dire ; et ces mots pro-
noncés avec un accent couvert et
modeste suffisent pour faire revivre
ses droits auprès du fils de Salmon.

Booz reconnoît la jeune Moabite ;
son trouble cesse, et il lui répond
avec bonté :

« Le Seigneur vous a bénie, ma
» chère fille, et vous avez si bien
» usé de ses premières grâces,
» qu'elles vous autorisent à compter
» sur de nouvelles marques de sa
» toute-puissante faveur. Il vous a
» bénie ; car, belle et pourvue de

» charmes comme vous l'êtes, vous
» ne ressemblez guères aux femmes
» de votre âge qui, sans jeter les
» yeux sur l'avenir, ne songent qu'à
» se procurer de jeunes époux,
» pauvres ou riches, peu leur im-
» porte. Pour vous, quoique vous
» fussiez en droit de choisir parmi
» ces derniers, vous avez préféré
» de conserver une inviolable fidé-
» lité à la mémoire de votre mari,
» en cherchant dans sa famille quel-
» qu'un qui pût faire revivre son
» nom et sa race (8) ; ma vieil-
» lesse ne vous a pas même détour-
» né de ce louable projet.

» Rassurez-vous donc, estimable
» Ruth ; je rends justice à la pureté

» de vos vues, et je n'aurai garde
» de rejeter votre demande ; car il
» n'est personne, dans Ephrata,
» qui ne vous connoisse pour une
» femme de bien. J'accepterai,
» avec joie, pour ma compagne
» celle qui déjà fait honneur à tout
» Israël ; et, sans autres délais, je
» vous engagerois, dès à présent,
» ma parole, si je ne savois pas
» qu'il existe un parent de Mahalon
» dans un degré plus proche que
» le mien. Quelques douceurs que
» me promette votre alliance, je
» suis obligé de respecter ses droits:
» mais soyez tranquille à cet égard;
» dès que les premiers rayons du
» soleil auront lui et que les portes

» de Bethléhem seront ouvertes ,
» j'irai le trouver ; je lui expo-
» serai votre position ; et s'il veut
» user du privilége que lui donne
» sa naissance , quoiqu'à regret, j'y
» souscrirai ; s'il y renonce, au con-
» traire , sans balancer , j'unis mon
» sort au vôtre. Je le déclare à la
» face du Ciel, et j'en prends le
» Seigneur mon Dieu à témoin ,
» vous porterez le nom de mon
» épouse ! (9) »

Le fils de Salmon , jugeant Ruth
rassurée par l'engagement qu'il vient
de prendre , saisit cet instant pour
lui adresser quelques questions qu'il
ne s'est pas encore permises.

Telles sont ses paroles :

« Mais, dites-le-moi donc, ma
» fille, à quelle époque avez-vous
» quitté la contrée de Moab (10)?
» et est-ce bien depuis la coupe des
» blés que la veuve d'Élimélech est
» de retour en Israël? En effet,
» je m'étonne tous les jours de ne
» l'avoir pas encore vue. Auroit-elle
» oublié son ancien ami? Crain-
» droit-elle que les années ne l'eus-
» sent elle-même bannie de ma mé-
» moire? J'avois bien entendu, dans
» les temps, qu'elle avoit trouvé
» chez les Moabites, l'abondance
» dont un ciel d'airain nous privoit
» en Judée (11). Il m'étoit même
» revenu quelques bruits des nœuds
» formés par ses enfans sur cette

» terre lointaine, et j'avois peine à
» y ajouter foi ; car notre loi n'ap-
» prouve pas les alliances étran-
» gères... Quoi qu'il en soit, votre
» sagesse me persuade aujourd'hui
» que la Providence a eu ses inten-
» tions, en conduisant une fille de
» Moab sous les tentes de Jacob. »

« Seigneur, répond avec respect
» la tendre bru de Noëmi, l'Arnon
» étoit encore grossi par les pluies
» de l'hiver, quand nous avons
» quitté la plaine qu'il arrose. Nous
» avons trouvé sur notre route les
» amandiers en fleurs, et, à notre ap-
» proche de Bethléhem, la faucille
» venoit d'entrer dans les orges. Si
» les chagrins et les fatigues d'un

» long voyage n'y avoient mis obs-
» tacle, Noëmi, soyez en sûr, eût
» déjà salué l'ami de son époux, le
» digne ami qui fait souvent le sujet
» de nos entretiens. . .

Après un moment de silence,
l'étrangère ajoute avec une inflexion
de voix pleine de charmes dans sa
timidité :

« Elimélech, sa femme et ses en-
» fans se sont présentés sous notre
» toît : ils étoient malheureux ; un
» asile leur a été offert. Ils se sont
» assis à notre table, et ils s'y sont
» rassasiés du pain de la famille. . .
» La mort d'Elimélech est venue
» flétrir le cœur de Noëmi : Orpha
» et moi nous avons cherché à la

» consoler , ou plutôt nous avons
» pleuré avec elle. Ses fils nous ont
» aimées, ils nous ont dit : « Soyez
» nos épouses. » La voix de Maha-
» lon étoit douce à entendre ; Noëmi
» étoit la bonté même. . . Voilà ,
» seigneur , comment nous avons
» appartenu à votre peuple. Ces
» liens n'existent plus : puisse leur
» souvenir inspirer quelqu'intérèt à
» votre bienveillance ! »

» Je vous l'ai dit, ma fille , reprit
» Booz qui se félicitoit en lui-même
» de trouver tant de discrétion unie
» à tant de beauté , prenez confiance
» au Dieu de Jacob. Ce n'est pas
» sans motif qu'il vous aura tirée de
» la terre de Moab , pour vous faire

entrer

» entrer dans l'héritage de ses en-
» fans. Certes, il avoit ses vues, ce-
» lui qui a mis dans votre cœur le
» goût de sa loi sainte et le dévoue-
» ment sans bornes de la piété filiale.
» Cependant le jour est loin de pa-
» roître ; l'aube du matin ne blan-
» chit pas encore les collines de
» Gaza. Tâchez, mon enfant, de
» goûter quelque repos. Le soleil ne
» sera pas levé, que je marcherai
» vers la porte de Bethléhem. »

Touchée jusqu'aux larmes de l'accueil plein de bonté qu'elle vient de
recevoir du patriarche, Ruth lui en
témoigne sa reconnoissance avec une
modestie accompagnée de grâces
touchantes. Toutes craintes sont ban-

nies de sa pensée ; l'ombre de Mahalon est satisfaite ; Noëmi va partager la tranquille aisance de sa fille,
et la jeune Moabite heureuse de l'a-
venir qui s'offre à ses yeux, s'endort
aux pieds du vieillard. On diroit d'elle
et de Booz l'innocence sommeillant
en paix aux pieds de la vertu.

Un doux repos tint les paupières
de Ruth fermées, jusqu'à ce que les
premiers rayons du jour vinssent les
ouvrir. Le fils de Salmon dormit
peu. (12) L'événement du soir, les
circonstances dont il étoit accompagné, le projet d'aborder le parent
d'Elimélech, la manière de sonder
ses intentions, et peut-être un secret
desir de le trouver peu disposé à

faire valoir les droits du sang, occu-
pèrent toute sa pensée. Booz étoit
âgé ; Ruth, belle et vertueuse. Par
une grace spéciale du Ciel, le patriarche rencontroit en elle, une
compagne qui pouvoit assurer le
bonheur de sa vieillesse. Livré à ces
réflexions, il se lève, avant qu'il soit
loisible de distinguer les traits d'un
ami, de ceux d'un inconnu ; et voyant
Ruth éveillée, il lui fait cette recommandation :

« Prenez garde, ma fille, qu'on
» ne sache que vous avez passé la
» nuit ici. Le cœur des hommes se
» complaît à supposer le mal; leur
» langue aime à le raconter et leur
» esprit à le croire. Il convient que

» la femme qui partagera ma couche,
» paroisse pure et irréprochable en
» présence d'Israël ; elle en sera
» elle-même traitée avec plus de dis-
» tinction pendant son mariage et
» dans le déclin de sa carrière. »

Ainsi s'exprime le vieillard chéri
du Ciel. Les lois de la décence sont
sacrées à ses yeux ; mais il craint également que, Ruth venant à être dé-
couverte chez lui à une heure indue,
le bruit ne s'en répande bientôt dans
Bethléhem et qu'on ne le soupçonne,
quoiqu'à tort, d'avoir tendu un piége
à la bonne foi de son parent.

Conformément à l'avis qu'elle a
reçu, la veuve de Mahalon dirige
déjà ses pas vers la ville ; Booz la

rappelle, il la conduit jusqu'à la grange. Après l'avoir invitée à tenir fortement, des deux mains, son voile étendu devant elle, il y verse six pleines mesures d'orge ; et l'ayant aidée à les charger sur sa tête, il la suit de l'œil, avec complaisance, autant que le lui permet la foible lueur du crépuscule.

Ruth redoute plus que Booz lui-même qu'on vienne à la reconnoître. Selon la promesse de Noëmi, dont la prière fervente l'avoit accompagnée tout le soir, l'Ange du Seigneur veille sur ses pas, et elle arrive chez sa belle-mère, sans avoir été aperçue par un seul Beth-lémite. Cette dernière, qui l'attend

13.

avec impatience, lui adresse, sur le succès de son voyage, des questions où perce une curiosité tendre et inquiète. La réponse de la jeune Moabite se lit dans ses yeux comme dans ses traits, animés par l'expression d'un doux contentement.

« Ma mère, dit-elle; en posant
» à terre le don du vieillard, j'ai
» suivi les conseils que m'a dictés
» votre prudence, et les choses ont
» eu lieu comme l'avoit souhaité
» votre bonté. Booz est à la fois le
» meilleur et le plus juste des hom-
» mes : il n'a point rejetté ma de-
» mande. Bien loin de là, il m'a
» juré par le Seigneur votre Dieu
» et le sien que je deviendrai son

» épouse, si un parent plus proche
» dont, sans doute, vous ignoriez
» l'existence, renonce à ses droits
» sur ma personne; mais je suis sans
» inquiétude de ce côté. Un autre
» que Booz sera-t-il assez généreux
» pour s'intéresser à une malheu-
» reuse étrangère qui, sans votre
» tendresse seroit dénuée de tout
» appui? Chez qui l'infortune trou-
» vera-t-elle jamais les mêmes égards,
» et, je puis le dire, le même res-
» pect? O ma mère ! Israël est sûre-
» ment un peuple distingué parmi
» les autres peuples; mais Booz mé-
» rite d'être distingué parmi les
» Israélites eux-mêmes !.. Il n'a pas
» voulu différer d'un seul jour l'exé-

» cution de sa promesse. Au mo-
» ment où je vous parle, il est peut-
» être déjà dans la ville ; car m'étant
» reposée au milieu du chemin, j'ai
» regardé en arrière, et de loin,
» quoiqu'une vapeur brumeuse cou-
» vrît encore les campagnes, j'ai vu,
» oui j'ai vu l'auguste vieillard s'a-
» vancer entre les palmiers qui bor-
» dent la route !.. (13) Ces six
» mesures d'orge que je vous ap-
» porte sont à la fois un témoignage
» de sa bienveillance et une preuve
» du souvenir qu'il vous conserve.
» Je ne veux pas, a-t-il dit, en me
» les donnant, que vous vous en
» retourniez, les mains vides, au-
» près de Noëmi...» Le parent plus

» proche dont il m'a parlé, m'est
» inconnu : mais s'il faut, ma bonne
» et tendre mère, qu'un autre
» homme succède aux droits de
» l'époux dont votre fille chérira
» toujours la mémoire, fasse le Ciel
» que ce soit celui qui s'est montré
» déjà sous des traits si propres à
» lui concilier mon cœur ! »

Satisfaite de la direction que prennent les événemens, Noëmi, avec une
entière confiance, en abandonne la
conduite au Tout-Puissant dont la
faveur est jusques - là manifeste.
D'ailleurs le caractère connu du
vieillard est propre à rassurer son
ancienne amie.

« Attendons en paix, dit-elle à sa
» fille, quelle sera l'issue de cette af-

» faire. Celui qui s'en mêle ne pren-
» dra sûrement pas de repos qu'il
» ne l'ait heureusement terminée.
» Je connois Booz, et il n'est pas de
» ces hommes dont les promesses
» deviennent le jouet des vents. »

Ruth partageoit l'opinion de Noëmi ; il s'y mêloit même un foible espoir d'avoir inspiré quelqu'intérêt à l'illustre chef de Juda. Toutefois cette idée étoit trop flatteuse pour qu'elle permît à son cœur de s'en repaître, et elle ne l'accueilloit que comme un hôte chéri qui vient nous voir en passant, et dont nous craignons de ne pouvoir arrêter les pas, au gré de nos desirs.

FIN DU TROISÈME LIVRE.

Il la prend par la main, la conduit, *[illisible]*, la présente, comme son épouse, aux habitants de Beth *[illisible]*

LIVRE QUATRIÈME.

Les yeux de là veuve de Mahalon
e l'ont point trompée; Booz la suit
e loin. Il lui laisse le temps de ren-
er chez Noëmi, avant de se pré-
enter lui-même à la porte de la
lle. Là, il s'assied, prévoyant que
ientôt le parent d'Élimélech sor-
ra de Bethléhem avec les autres
ossesseurs de terre qui prennent
route des champs, pour y sur-
eiller leur récolte. Il en arrive d'une
anière conforme aux conjectures

de Booz, lequel voyant passer ce
parent, l'appelle par son nom, le
prie de s'arrêter et de prendre place
à ses côtés. Celui-ci se rend à l'invi-
tation qui lui est faite. Alors le fils de
Salmon élève la voix, et engage dix
des anciens d'Israël à s'asseoir pa-
reillement, et à prêter l'oreille à ce
qu'il va dire (1); ensuite il s'adresse
en ces termes au parent dont il a
été parlé.

« La veuve de notre frère Elimé-
» lech, Noëmi, nouvellement reve-
» nue du pays de Moab, se propose
» de vendre une portion du champ
» de son mari (2). J'aurois été fâché
» que vous l'eussiez ignoré, et
» j'ai voulu vous en informer moi-
même,

» même, en présence des anciens de
» la ville et du peuple qui nous en-
» toure. Instruit comme vous l'êtes
» maintenant, vous pouvez user des
» droits que vous donne la proxi-
» mité de votre alliance. Achetez,
» si bon vous semble, et jouissez
» en paix; mais si la chose ne vous
» convient point, veuillez le décla-
» rer sur l'heure, pour que je voie
» moi-même ce que, dans ce cas,
» j'aurai à faire; car personne n'appartient de plus près que nous
deux à Élimélech. Votre degré est
le premier, je le sais, et, à ce
» sujet, il n'y aura jamais de dis-
cussion entre nous. »

Le Bethlémite interpellé répond :

14

» Le champ me convient, et j'en
» ferai volontiers l'acquisition. »

« Ce n'est pas tout, reprend Booz:
» En acceptant cette pièce de terre
» des mains de Noëmi, vous con-
» tractez un engagement que je ne
» dois pas vous laisser ignorer. Le
» fils aîné d'Élimélech, Mahalon,
» comme vous le savez sans doute,
» s'était établi dans la terre de
» Moab ; ainsi que son frère, il y
» est mort sans postérité, et il a
» laissé une veuve dont vous devez,
» selon la loi, faire votre épouse,
» la jouissance des biens de notre
» parent emportant l'obligation de
» perpétuer son nom dans son hé-
» ritage. Cette veuve est Ruth,

» d'origine Moabite ; voyez main-
» tenant à quel parti vous vous ar-
» rêterez. »

« A celui d'abandonner mes droits
» sur le champ en question , répond,
» sans hésiter , le parent d'Élimélech ;
» car je n'entends nullement me pri-
» ver de la douceur d'élever des des-
» cendans qui m'appartiennent, et
» je n'aurai garde d'éteindre moi-
» même mon nom dans ma tribu.
» Quant à vous, il vous est libre d'u-
» ser d'un privilége dont je ne veux
» faire aucun usage. »

Booz n'avait point paru attacher
un grand prix au champ d'Élimélech, et il s'était contenté de présenter, comme une des charges

de cette acquisition, une alliance avec la veuve du fils qu'il avoit à peine nommée, ne la désignant que par son origine étrangère. A qui pourtant était-il plus facile de s'expliquer sur le compte de Ruth d'une manière flatteuse ? et qui pouvoit mieux prévenir les suffrages en sa faveur, que celui aux yeux duquel elle venoit d'offrir la touchante réunion des vertus et des graces de son sexe? Aussi l'héritier de Salmon ressent une secrète joie, en voyant s'éloigner de lui-même, le seul concurrent qu'il ait à craindre ; il le prend au mot (3), et lui demande le gage de sa cession, en la manière établie par la coutume des temps.

C'étoit un usage en Israël que, si quelqu'un, entre alliés, consentoit à un abandon quelconque de ses prétentions, le cessionnaire, pour rendre son désistement irrévocable, ôtât sa chaussure et la présentât à celui qui lui succédoit. Cette formalité remplie, fermoit les droits de l'un, et ouvroit à l'instant ceux de l'autre.

Sur la demande de Booz, le parent d'Élimélech, qui se croit trop heureux de sortir, à si peu de frais, d'un mauvais pas, délie sans retard sa chaussure, et la présente au fils de Salmon, lequel, l'ayant reçue de ses mains, se tourne vers les anciens de la ville et vers le peuple

14.

dont la foule s'étoit accrue pendant
que cette affaire se traitoit.

« Je vous prends tous à témoins,
» s'écrie-t-il, que par le transport
» que m'en fait Noëmi, j'entre en
» possession, dès-à-présent, de tout
» ce qui peut avoir appartenu à mon
» parent Élimélech, et à Mahalon et
» Chélion ses fils, et que je recon-
» nois, pour ma légitime épouse,
» Ruth, Moabite, veuve de Maha-
» lon, désirant faire revivre le nom
» du défunt dans son héritage et
» empêcher que sa mémoire s'é-
» teigne en Israël. Peuple, et vous
» anciens assis dans cette enceinte
» des jugemens, soyez à jamais les
» témoins de ce que je viens de dire! »

A quoi répondent, par acclama-
mation, les anciens, assis dans l'enceinte des jugemens, et le peuple
rassemblé auprès de la porte de la
ville : « Nous en sommes témoins. »

C'est avec cette simplicité de formes qu'il fut décidé que Ruth, désormais à l'abri des inquiétudes,
entreroit dans la famille sainte des
patriarches, et partageroit la couche
d'un des princes de Juda. Siècles de
paix, où les transactions qui inté-
ressent le plus la vie humaine, sans
autre sanction que la présence des
contemporains, et sans autres regis-
tres que leur mémoire, se transmet-
toient aussi fidèlement d'âge en âge,
que si le marbre en avoit été déposi-
taire !

Cependant Noëmi et sa bru, incertaines sur l'événement qui se préparoit, et renfermées modestement dans leur demeure, repassoient en elles-mêmes les circonstances de l'entrevue que la dernière nuit avoit enveloppée de ses voiles. Les moindres paroles de Booz étoient pesées; on leur donnoit un sens auquel on tardoit peu d'en substituer un nouveau; et d'après ces diverses interprétations, on conjecturoit ce que l'on pouvoit espérer de ses promesses, ou craindre de ses nouvelles démarches. Les sujets de crainte prenoient naissance dans l'esprit de la timide Ruth; tandis que les motifs d'espoir se présentoient d'eux-mêmes à la pensée de la bonne Noëmi.

Cette dernière , voyant plusieurs habitans de Bethléhem s'avancer en grande hâte vers la porte de la ville , s'informe de la cause de leur empressement. On lui répond .que le fils de Salmon harangue le peuple, et qu'un jugement va être rendu en Israël, mais qu'on en ignore encore les dispositions. Mieux instruite par le récit de sa bru, la veuve d'Élimélech est tentée de se joindre à la foule qui grossit toujours, tant il lui seroit doux d'être l'heureuse messagère d'une bonne nouvelle ! Réfléchissant bientôt que Ruth, à laquelle sa pudeur ne permet pas de se montrer en pareille circonstance , se trouvera livrée solitairement à ses craintes, elle se décide à rester près d'elle jusqu'à la conclusion de cette grande affaire. Tout ce qu'elle se permet, c'est d'entrouvrir sa porte de moment en moment, pour interroger ceux qui vont ou qui viennent; mais qui, n'ayant point été présens à l'assemblée des anciens, ne peuvent éclaicir ses doutes, ni dissiper ses inquiétudes.

La tendre veuve de Moab adressoit en secret au ciel des vœux qu'il avoit déjà exaucés.

Tout à coup Noëmi voit paroître une troupe confuse de Bethlémites qui s'avancent vers sa maison avec de vives démonstrations de joie. Le vénérable Booz marche à leur tête,

Arrivé près de la porte d'Élimélech, il se détache de la foule,
entre et salue les deux veuves. S'é-
tant approché de Ruth, qui, doucement émue, ose à peine lever les
yeux sur le patriarche, il la prend
par la main, la conduit jusqu'au
seuil, et la présente comme son
épouse aux habitans de Béthléhem,
dont aussitôt les acclamations re-
doublent.

« Que le Seigneur vous bénisse
» l'un et l'autre, s'écrie-t-on de
» toutes parts ! qu'il vous comble de
» biens ! qu'il maintienne dans votre
» maison la race des justes, et que
» la digne épouse de l'illustre fils
» de Salmon, lui donne par sa fé-

» condité, autant de joie que le fils
» d'Isaac en reçut de son alliance
» avec Lia et la belle Rachel, doux
» salaire de quatorze années de ser-
» vices ! Puisse le Dieu de Jacob
» qui a appelé la pieuse Ruth par-
» mi nous, lui accorder une vieil-
» lesse fortunée, afin qu'on la cite
» long-temps comme un exemple
» de vertu dans Bethléhem, et que
» son nom soit à jamais célèbre
» dans Ephrata ! »

Tandis que ces accens, témoignage flatteur de l'estime d'Israël,
retentissent dans les airs, Booz s'entretient avec Ruth et Noëmi. Il leur
apprend comment le parent qui
avoit le droit de retrait lignager, a
été

été arrêté par lui à la porte de la
ville ; comment celui-ci s'est d'abord
déclaré pour l'acquêt du champ ;
et comment, après avoir entendu
parler du mariage qui doit s'en-
suivre, il s'est désisté de ses prétentions au profit de Booz. En
achevant son récit, le prince de
Juda se tourne vers sa jeune épouse,
et lui adresse ces mots :

« Aimable Ruth, celui qui a re-
» fusé votre alliance, n'a pas eu le
» bonheur de connoître, comme
» moi, le prix d'un tel bien : sans
» doute, il n'étoit point destiné à
» recevoir sous son toit une vertu
» qui s'ignore elle-même, et dont
» le parfum suave se répandra

15

» pourtant dans tout Israël. Le Ciel
» en soit béni ! Mais qu'ai-je fait au
» Seigneur pour qu'il accorde à
» mes dernières années cette insigne
» préférence ? Par où ai-je mérité
» cette marque de sa toute-puis-
» sante faveur ? Il est donc vrai
» que, dans la distribution de ses
» largesses, il ne compte pas avec
» ses foibles créatures ! Dès mes pre-
» miers ans il m'a comblé de ses
» biens. Sa protection m'a partout
» accompagné dans mes posses-
» sions, comme dans mes entrepri-
» ses ; dans mes troupeaux, comme
» dans mes récoltes ; et cependant
» il m'est permis de dire aujour-
» d'hui qu'il ne m'a jamais regardé

» avec autant de bonté que dans le
» déclin de ma carrière ! (4) »

La timide Moabite, en versant
des larmes délicieuses, qu'elle ne
cherche plus à retenir, et qui donnent un nouvel éclat à sa beauté, se
jette entre les bras de Noëmi.

« C'est vous, dit-elle, qui avez
» tout fait ; c'est à vous que je dois
» l'avenir heureux qui se présente
» devant moi. Le Dieu que vous
» servez, à votre prière, a béni
» votre fille ; il a conduit mes pas
» tremblans sur les terres de ce chef
» illustre ; il a mis sur mes lèvres
» des paroles qui pussent l'attendrir,
» et il a disposé son cœur à ne pas
» dédaigner pour épouse celle qui

» se fût trouvée trop heureuse d'être
» comptée parmi les femmes dont
» le plus foible salaire paie les ser-
» vices. Chère Noëmi ! le Seigneur
» a protégé votre fille , et lui seul,
» pourra m'acquitter envers vous ! »

C'est ainsi que Ruth , n'osant répondre à Booz lui-même , dépose
dans le sein d'une mère, tout ce que
sa réserve ne lui permet pas encore
d'adresser directement à l'époux
dont elle va partager la couche.

Toujours suivi de la foule du
peuple, le patriarche enmène dans
sa maison sa modeste compagne, à
côté de laquelle marche Noëmi.
Cette dernière , par l'établissement
de sa bru , voit tous ses vœux com-

blés ; ce jour est un des plus beaux de sa vie ; elle le dit à tout ce qui est autour d'elle ; et pourtant, en fermant sa porte (5), elle ne peut empêcher que sa paupière humide n'apprenne à tous les yeux qu'il est des chagrins dont le temps ne saurait effacer la trace : la plaie s'est bien recouverte, mais il ne faut qu'effleurer la cicatrice pour y réveiller le sentiment de la douleur. Booz s'aperçoit du trouble de son ancienne amie; il s'approche, et l'entretien qu'ils ont ensemble a bientôt dissipé l'impression produite par de tristes souvenirs. La veuve d'Élimélech et sa bru entrent dans le

15.

vestibule du fils de Salmon, qui invite ses parents et les anciens d'Israël à partager avec lui l'innocente joie d'un festin patriarchal. A peine ils ont passé le seuil, que les Bethlémites, restés en-dehors, renouvellent leurs bénédictions en faveur des nouveaux époux.

« Puisse cette jeune et belle étran-
» gère qui s'avance avec graces de
» la solitude de Moab, pour en-
» trer sous vos portiques, s'écrie-
» t-on avec allégresse, être aussi
» heureuse dans sa postérité que Tha-
» mar, mère de Pharès (6) ! Que
» Juda se réjouisse en comptant ses
» enfans ! Que le Ciel, pour prix
» de sa vertu, accomplisse en elle

» toutes les promesses qu'il a faites
» à nos pères, et que l'abondance
» habite toujours avec celui qui a
» dit à l'étranger : « Vous êtes mon
» frère, » et à l'indigent ; « Vous
» vous rassasierez aussi de mon
» pain. » Loué soit le Seigneur Dieu
» d'Israël, qui s'est servi de la sage
» Noëmi pour ramener de Moab
» une épouse digne du fils de Sal-
» mon ! Qu'il soit béni, ainsi que
» Booz son fidèle serviteur ! »

Dans leurs bons souhaits, les
Bethlémites assignoient à Ruth la
première place. Ils n'ignoroient pas
que l'éloge de l'épouse est l'harmonie la plus douce qui puisse parvenir à l'oreille de l'époux. N'est-

ce pas en effet par les vertus de celle-ci que commence le bonheur de tous les deux ?

Ces élans de la bienveillance publique arrivoient, tantôt d'une manière distincte, tantôt confusément jusqu'aux principaux convives et réjouissoient leurs cœurs; car les suffrages d'un peuple rassemblé portent à l'ame une sorte d'enivrement dont il est difficile de se défendre. Entourée de marques d'affection, Ruth reconnoissante cherchoit les regards de Noëmi, et chaque fois que leurs yeux se rencontroient, la veuve d'Élimélech sourioit complaisamment à son ouvrage. L'allégresse régna trois jours, dans la maison du patriarche. Ses esclaves et ses serviteurs, ceux qui travailloient aux champs, comme ceux qui avoient des emplois à la ville, prirent part à la fête, et aucun n'eut garde d'envier le sort de la jeune étrangère qui, après avoir sû intéresser à son malheur, se faisoit sans peine pardonner son élévation.

Un fils devint le fruit de cette union agréable au Ciel et aux hommes. La veuve d'Élimélech le reçut entre ses bras, et le nomma Obed (7). « Je veux, dit-elle, en » imprimant un baiser sur les joues » du nouveau né, je veux rappeler » à jamais, par le nom que je

» donne au fils, les secours que la
» mère m'a prodigués dans mon
» triste veuvage. »

Noëmi ne souffroit pas qu'aucune autre femme, même parmi celles au service de Ruth, soignât cet enfant, objet de toutes ses complaisances. C'étoit elle qui recueilloit ses plaintes à demi-formées, qui éloignoit les chagrins de son berceau, (car, hélas, la destinée de l'homme est de commencer et de finir dans la douleur!) et qui, en égarant agréablement sa jeune pensée, rappeloit le sourire sur ses lèvres purpurines. La nuit, comme le jour, elle le présentoit au sein de sa mère. Son zèle attentif s'effrayoit pour lui de l'ombre du péril ; elle ordonnoit le silence, quand il goûtoit le sommeil ; elle lui apprit à balbutier les premiers mots, à essayer les premiers pas, et s'acquitta des devoirs que s'impose la plus tendre des nourrices. Au milieu de ses soins qui remplissoient ses jours, elle éprouvait, par une sorte de surprise, des joies maternelles, et la nature presqu'abusée, sourioit à son erreur : car, dans les plaisirs attachés à l'état de mère, le Ciel a voulu qu'il existât une surabondance dont pussent encore s'énivrer les êtres même qui en tiennent lieu.

En considérant les traits du petit Obed, combien de fois ne leur

supposa-t-elle pas quelque conformité avec ceux de Mahalon ou de
Chélion ? A l'entendre, c'étoit le
regard expressif de l'un ou le sourire de l'autre. Cependant les Bethlémites lui reconnoissoient princi-
palement la douce majesté de Booz
et l'aimable candeur de Ruth. Mais
qui saura jamais toutes les ruses
d'un cœur maternel chez lequel il
s'est fait un vide qu'il s'efforce de
combler par des souvenirs ou de
flatteuses illusions? C'est à la fois la
dernière réserve et le secret de la
douleur (8).

Ruth consentoit, sans regrets, à
ce partage d'un fonds en lui-même
inépuisable. Elle n'ignoroit pas que
chérir

chérir l'enfant, n'est qu'une seconde façon d'aimer la mère ; et loin d'envier à sa bienfaitrice les consolations qui naissoient de cet attachement plein de charmes, l'épouse de Booz, se réjouissoit d'avoir assuré à son fils un surcroît de secours et de tendresse.

La veuve d'Élimélech et son élève, ainsi réunis, offroient dans Éphrata un spectacle touchant. On ne pouvoit voir, sans être ému jusqu'aux larmes, cette femme sensible et si long-temps malheureuse, prodiguer ses soins à l'enfant de sa bru. Prête à quitter la vie, elle sembloit vouloir en applanir les âpres sentiers devant ce jeune voyageur, et

16

on eût dit de tous les deux le vieil
olivier battu de l'orage, mais dont
les rameaux desséchés protègent
encore le rejeton délicat qui vient
de naître à ses racines.

Les femmes qui la rencontroient
dans les places publiques et sous les
frais ombrages des palmiers et
des sycomores, plantés autour de
Bethléhem, la félicitoient sur son
bonheur ; toutes l'arrêtoient pour
caresser le petit Obed, et elles disoient à leur vieille amie :

« Soit béni le Seigneur qui n'a
» pas souffert que votre famille de-
» meurât sans héritier, ni que le
» nom de votre époux s'effaçât par-
» mi ses frères ! il vous a accordé

» les plus douces consolations que
» vous pussiez recevoir dans vos
» chagrins. Le repos de votre vieil-
» lesse est maintenant assuré par la
» naissance d'un fils; vous le devez
» à une bru qui vous aime. Tout
» Éphrata a vu avec attendrisse-
» ment son affection pour vous; et
» plus d'une mère entourée d'en-
» fans a été jalouse de votre bon-
» heur. »

Ainsi s'exprimoient les femmes
de Bethléhem sous les frais ombrages ; et en s'en allant, elles
disoient entr'elles :

« Voyez, il est né un fils à
» Noëmi ! qui l'eût jamais cru ?
» Mais le ciel lui devoit cette faveur,

» après tant d'épreuves, et ses che-
» veux blanchiront au moins dans
» la joie. »

C'est en sortant de l'une de ces
rencontres bien différentes de celles
qui suivirent son arrivée à Bethléhem, que la veuve d'Élimélech
s'écria dans un saint transport :

« Le Seigneur a visité sa ser-
» vante (9). Il afflige et il console;
» il conduit jusqu'au tombeau et il
» en ramène.

» Je me suis humiliée et il m'a
» délivrée (10); il a arraché mon
» ame au trépas, mes yeux aux
» pleurs et mes pieds au précipice.

» J'étois pauvre, et je n'ai pu
» offrir de sacrifice. C'est la droi-

» ture du cœur et le respect de sa
» loi sainte que veut l'Éternel; une
» larme donnée à l'infortune lui
» est plus agréable que le sang des
» boucs et des agneaux sans ta-
» che (11).

» Tournez-vous donc vers le Sei-
» gneur, car il est miséricordieux ;
» chantez ses louanges, car lui seul
» est grand (12) : pour moi je me
» réjouirai en lui, et il fera cons-
» tamment la joie de mon ame.

» O Ruth, votre amitié a été
» forte contre la mort ! Mères de
» Juda, rendez-moi le nom de
» Noëmi, car le bras de mon Dieu
» a cessé de peser sur moi ; et toi
» enfant aimable, confié à mes

16.

» soins, tu me consoles à présent ;
» mais un jour tu seras toi-même
» l'espoir de ton peuple !

» Le Seigneur sera à ton égard (13)
» comme une rosée ; tu germeras
» comme le lys ; tes branches s'éten-
» dront ; ta gloire sera semblable à
» l'olivier, et ton odeur sera celle
» de l'encens. »

Les souhaits prophétiques de
Noëmi (14) en faveur d'Obed eurent
leur accomplissement : cet héritier
de tant de promesses, qu'il devoit
transmettre à son tour comme aïeul
de David, devint un des anneaux de
la chaîne précieuse destinée à unir le
Ciel et la terre, Dieu et les hommes.
Booz, toujours juste et charitable,

vécut encore de longues années à côté de sa jeune épouse. Après avoir marché constamment dans les voies du Seigneur, plein de jours et de bonnes œuvres, il alla rejoindre ses pères, et tout Israël eut sa mémoire en vénération. Noëmi le suivit de près dans la tombe. Comme lui, elle eut les yeux fermés de la main de Ruth qui, pour la seconde fois, s'acquitta avec de pieuses larmes de ce dernier devoir. Sous un Ciel étranger, ainsi que dans sa terre natale, la veuve d'Elimélech trouva chez sa bru les consolations qui font supporter les peines de la vie; dans une fortune meilleure, les tendres rapports qui en doublent les plaisirs; et dans

les jours de la vieillesse, les attentions
soigneuses qui en adoucissent la fin.
La mort ne fut pour elle qu'une vallée agréable, dans laquelle on la vit
descendre, soutenue par la paix et le
ravissant espoir ; car l'Éternel, en
récompense de sa vertu, laissa couler jusqu'à sa paupière un rayon de
cette lumière pure et consolante qui
avoit déjà brillé aux yeux des premiers patriarches. Escortée du deuil
de tout Ephrata, sa dépouille fut dé-
posée, non loin de Bethléhem, dans
le même champ où Ruth avoit timi-
dement recueilli un peu de grains
pour leur commune subsistance.

Au sein de la fortune qui devint son partage, la mère d'Obed

conserva les heureuses qualités qui avoient attiré sur elle les graces du Très-Haut. Booz n'étoit plus ; mais son esprit vivoit encore dans sa veuve : d'antiques souvenirs de bonté veilloient à sa porte hospitalière, et l'indigent n'eut garde d'oublier un chemin dans lequel le guidoit toujours l'espérance d'un accueil favorable. Ainsi le vase qui a contenu la myrrhe et le cinnamome de l'Arabie, après des années, en rappelle encore le parfum. Quand un inconnu imploroit les secours de Ruth, elle se disoit que, comme lui, elle avoit été étrangère et pauvre en Israël, et lorsqu'arrivoit le temps de la coupe des blés, les moissonneurs rece-

voient des ordres semblablees à ceu
que Booz avoit jadis donnéés à so
sujet; car elle n'oublioit pass qu'ell
avoit autrefois glané dans lee champ
où la récolte se faisoit depuiés en so
nom.

C'est ainsi qu'établie sur lla terre
des Saints, elle y trouva le priix d'une
vertu qui, pareille à la fleur du désert
n'avoit point compté sur les regard:
des hommes. Mère d'Obed (115), elle
devint aïeule de la chaste Marie. En
rapportant le soir, de la grange de
Booz , le grain qu'elle tenoit de sa
libéralité , elle chemina sur cette
même route de Bethléhem, que
l'épouse céleste devoit parcourir, à
son tour, chargée du plus précieux

des fardeaux : inquiète et tremblante,
elle se rendit, au milieu des ténèbres
à l'aire du Patriarche ; non loin de
là, Marie, après une marche pénible,
n'aura qu'un étable pour refuge
contre la nuit de l'hiver, et pour lit
de couches qu'un chaume sans chaleur : enfin la jeune et tendre Ruth
goûta la douceur de serrer un enfant
entre ses bras, dans ce même lieu
où la fille de Joachim devoit enve-
lopper d'humbles langes le Sauveur
des peuples, et présenter à l'adora-
tion de quelques pâtres, le plus beau
des enfans des hommes (16).

Scènes touchantes ! le palmier de
l'Idumée, en vous couvrant de son
ombre, n'a fait que vous prêter une

lumière plus douce ; la nuit, en vous
entourant de ses voiles, vous a donné
ses teintes de mystère et de mélan-
colie ; et le cours rapide des ans qui
effacent tout sur leur passage, après
des siècles révolus, vous offre encore
avec de nouveaux charmes. Puisse-
t-il en être ainsi de notre simple
narration ! Puisse-t-elle, pour se
montrer moins indigne de vous, se
trouver en harmonie avec les frais
ombrages des palmiers Iduméens,
les reflets paisibles du soir dans les
champs de la Palestine, et cette cou-
leur antique et religieuse, que les années versent, dans leur cours, sur les
monumens qu'elles ont épargnés !
Nous n'aurons pas toutefois la pré-
somption

somption de croire que ces pages,
trop imparfaite copie d'un modèle
divin, vous reproduisent dans tout
votre éclat primitif ; mais si vous
leur communiquez quelques-unes de
vos graces ineffables , il leur en res-
tera encore assez pour enchanter les
cœurs et les esprits. Dans une belle
journée d'été, ne suffit-il pas du plus
mince filet d'eau pour réfléchir
l'azur d'un Ciel calme et sans nuages ?

FIN DU QUATRIÈME ET DERN. LIVRE.

17

REMARQUES

DU LIVRE PREMIER.

(1) Suivant la loi de Moïse, quand un Israélite mouroit sans postérité, son plus proche parent, frère ou autre, étoit obligé d'épouser sa veuve, et les héritiers qu'il en avoit succédoient au nom et aux biens du défunt. Ainsi, après la mort de Her et d'Onan, Thamar, déjà veuve de tous deux, fut destinée à Séla, leur frère cadet.

(2) C'est cette situation que nous avons engagé l'artiste à saisir, et qui

sert de sujet à l'estampe mise en tête du premier livre.

(3) Chez les peuples pasteurs, les jeunes personnes ne rougissoient pas d'un travail auquel les familles les plus opulentes devoient la conservation de leur fortune. L'écriture en offre plus d'un exemple. Les mêmes mœurs se retrouvent dans Homère et les anciens poètes.

(4) *Chamos*, idole en vénération chez les Moabites ; ils sacrifioient aussi à Béelphégor.

(5) Le torrent d'Arnon, avant de se jeter dans le Jourdain, passe sur les terres de Moab et les sépare, dans une assez grande étendue, du pays des Ammonites. Non loin de ce torrent est la plaine de Bamoth, renommée

pour sa fertilité. Ce fut un des cam-
pemens des Hébreux sous la conduite de Moïse.

(6) La montagne de Phogor est
située à l'occident du pays de Moab.
Ce fut dans le valon qui se trouve au
pied de cette montagne que, par ordre de Dieu, l'Ange enterra la dépouille du premier chef et conducteur
de la nation hébraïque.

(7) Lac Asphaltite, autrement dit
Mer Morte, et emplacement présumé
de Sodôme et Gomorrhe.

(8) *Hébron*, autrement Cariat-Har-
bé. Son antiquité remonte plus loin
que celle de Tunis, première capitale
de l'Égypte.

(9) Tous les Israélites naissoient

soldats, excepté ceux de la tribu de Lévi, spécialement consacrée au service des autels. Encore y eut-il quelques occasions où elle s'arma et prit part à la mêlée.

(10) On verra dans le livre 4ᵉ que la loi judaïque pouvoit autoriser une veuve à vendre le bien de ses enfans, après leur décès.

(11) *Noëmi* et *Mara*, en langue hébraïque, signifient belle et amère.

(12) Nous croyons ce langage dans la nature, quoiqu'en tous points il ne soit pas conforme à la vérité. La famine ayant chassé Noëmi de Bethléhem, ce qui suppose quelque détresse, et Ruth lui restant pour compagne à son retour, ce qui est loin d'un abandon absolu; mais une pro-

fonde douleur ne se pique pas de cette exactitude.

(13) Les hosties pacifiques étoient ordinairement des oblations particulières, et on n'en brûloit qu'une partie ; le reste se partageoit entre les Lévites et ceux qui en faisoient l'offrande. Mais les holocaustes presque toujours fournis par les tribus ou aux dépens du culte même, devoient être consumés sur l'autel.

(14) Ruth pouvoit parler de ses sacrifices personnels ; il nous a semblé qu'en les taisant, nous rendrions sa prière plus touchante.

Fin des Remarques du Liv. Ier.

REMARQUES

DU LIVRE SECOND.

(1) Le droit de glanage en faveur des indigens étoit consacré par le Deutéronome et le Lévitique. En parcourant plusieurs cantons de la France, le voyageur regrette qu'il ne s'y soit pas maintenu : le spectacle d'une moisson en seroit plus agréable à ses yeux.

(2) Le songe de Ruth n'a rien de contraire à la probabilité, si on veut bien se reporter à des temps où le

Seigneur instruisoit, tantôt par ses An-
ges, tantôt par des visions, les humains sur lesquels il avoit quelque
projet. L'espérance que la jeune veuve
en conçoit, en est une suite très-natu-
relle.

(3) Ainsi les choses durent se passer. D'ailleurs, le développement de
cette circonstance, indiquée par la
Bible, nous a fourni une occasion
heureuse de commencer à établir le
caractère de Booz.

(4) Le pays et la ville de Bethléhem, dans l'Écriture, prennent souvent le nom d'*Ephrata*.

(5) *Et intinge buccellam tuam in
aceto*. Et trempez votre petite bouche
dans le vinaigre : voilà un de ces passages qui à la fois peignent la simpli-

cité des mœurs antiques et ont un air
de jeunesse fait pour constater l'en-
fance du monde, ou au moins celle
de la société à laquelle ils appartiennent. La crainte d'être accusés
d'afféterie ou d'un peu de mignardise,
nous a empêchés de rendre le trait de
l'original dans toute sa naïveté.

(6) Telle est la signification du mot
Polenta. Nous avons tiré quelque
parti de cette circonstance, en l'éten-
dant et en lui donnant un sens que le
texte ne repousse pas.

(7) Le texte annonce que Booz étoit
déjà le bienfaiteur de la famille d'Elimélech; nous n'avons fait que choisir
la manière.

(8) A l'arrivée de l'année jubilaire,
les biens de campagne aliénés à quel-

que condition que ce fût, rentroient
dans les familles israélites. On ven-
doit à raison de l'éloignement où l'on
se trouvoit de cette année, qui se ré-
pétoit de cinquante ans en cinquante
ans.

(9) La concubine du lévite d'É-
phraïm devint la victime de la brutale
passion des habitans de Gabaa, en
la tribu de Benjamin. Son histoire
est racontée en détail à la fin du livre
des Juges, un peu avant celle de
Ruth. J.-J. Rousseau en a pris le sujet
d'un petit livre plein d'intérêt et écrit
avec ce charme de style qui distingue
ses moindres productions. Il paroît
qu'à l'époque où l'aventure du lévite
d'Éphraïm eut lieu, les israélites
étoient sans chef comme sans frein,

et que le grand-prêtre Héli ne les gouverna que long-temps après. C'est ce qui nous a autorisés à placer cet évènement antérieurement à Noëmi. D'ailleurs les choses n'ont guères pu avoir lieu d'une autre façon, la naissance d'Obed étant le seul anneau intermédiaire entre Booz et Isaïe qui a vécu sous le règne de Saül.

(10) Nous avons cru qu'un éloge mérité de Booz dans la bouche de Noëmi, étoit propre à disposer Ruth, d'une manière convenable, au désir d'une union qui devoit couronner sa vertu.

Fin des Remarques du Liv. II.

REMARQUES

DU LIVRE TROISIÈME.

(1) Booz étoit fils de Salmon. Sa généalogie se trouve en plusieurs endroits des livres saints, non compris celui de Ruth.

(2) Nous ne connoissons rien qui offre davantage le charme de l'antique et la naïveté des mœurs des premiers âges, que ce court épisode rappelé deux fois dans l'Écriture. Le voici tel que le texte l'offre au livre de Josué, chap. 15, vers. 16. A quelques expressions

expressions près, on le retrouvera au livre premier des Juges, chap. 1, vers. 12.

« Alors Caleb dit : Je donnerai ma » fille Axa en mariage à quiconque » prendra et détruira Cariat-Sepher.

» Et Othoniel, fils de Cénez et ne-» veu de Caleb, l'ayant prise, il lui » donna sa fille Axa pour femme.

» Et lorsqu'ils marchoient tous en-» semble, son mari lui conseilla de » demander un champ à son père. » Axa étant donc descendue de dessus » son âne, se mit à soupirer; et Caleb » lui dit : qu'avez-vous ?

» Elle lui répondit: mon père, don-» nez-moi votre bénédiction et m'ac-» cordez une grace : Vous m'avez » donné une terre exposée au midi

18

» et toute sèche ; ajoutez-y en une
» autre où il y ait des eaux en abon-
» dance. Caleb lui donna donc une
» terre dont le haut et le bas étoient
» arrosés d'eau. »

Tel a été à peu près le titre pri-
mordial de toutes les concessions faites par les chefs d'état et érigées depuis en fiefs ou seigneuries.

(3) Cette jeune courtisane avoit
eu confiance au dieu des Hébreux.
Après avoir caché les envoyés de Josué dans sa maison, qui fut épargnée
lors du sac de Jéricho, elle renonça
au culte des idoles, et mérita de partager la couche de Salmon, père de
Booz. Il étoit naturel que Noëmi, qui
entretenoit souvent sa bru de ce qui
concernoit ce dernier, lui racontât

une histoire qui le touchoit d'aussi près. La veuve d'Élimélech ne pouvoit être instruite que par la tradition, de cet évènement, qui datoit de l'entrée dans la terre promise, c'est-à-dire, de près d'un siècle avant le mariage de Booz.

Quelques interprètes croient que ce fut seulement la fille de la courtisane Rahab qui devint épouse de Salmon et mère de Booz. Nous pencherions volontiers pour ce sentiment.

(4) Après l'outrage fait à la femme du lévite d'Éphraïm, les Israélites jurèrent à Maspha de n'accorder aucune de leurs filles pour épouses à ceux de Benjamin. Cette tribu fut presqu'anéantie; il n'en restoit que six cents hommes, retirés sur le rocher de

Remmon. Pour ne s'être pas conformés à l'ordre publié dans Israël, les habitans de Jabès - Galaad périrent par le glaive, à l'exception de quatre cents jeunes vierges réservées aux proscrits, dont la pitié publique voulut perpétuer les restes. Mais un grand nombre étoit encore à pourvoir. Dans cet embarras, les anciens du peuple arrêtèrent en secret qu'aux prochaines fêtes de Silo, lorsque les jeunes filles commenceroient à former leurs danses, les Benjaminites restés sans femmes sortiroient tout à coup des vignes où ils se seroient cachés, et enlèveroient chacun une vierge destinée à partager sa couche. Les choses s'étant passées ainsi, on pardonna aux ravisseurs par le même sentiment qui avoit fait imaginer ce subterfuge.

(5) Nous avons pensé que Ruth quittant une mère qui la voit partir à regret, et de laquelle elle reçoit encore un témoignage de tendresse au moment de leur séparation, son dévouement en acquéroit plus de mérite. D'ailleurs, comment les deux veuves, qui se virent en proie au besoin dès leur arrivée à Bethléhem, auroient-elles pu se procurer aussitôt de riches habits? Noëmi ayant été absente un peu plus de dix ans, il n'est pas à présumer qu'elle ait retrouvé chez elle un seul vêtement dans le cas de servir à sa belle fille. Il étoit donc convenable que la jeune Moabite dût toute sa parure à l'amitié de ses deux mères, ou à son propre travail; elle en sera plus intéressante aux yeux du lecteur. Si nous sommes entrés dans

18.

quelques autres détails de toilette; l'Ecriture nous y a elle-même autorisés par le verset 3e. du 3e. chapitre.

(6) Cette recommandation, qui paraîtra peut-être un peu libre, tient à la simplicité des mœurs du temps, peut-être à leur pureté. La manière dont les choses sé passèrent en rend témoignage.

(7) Il paroît par plusieurs versets de la Bible, que les femmes adonnées à ce vil commerce, alors comme à présent, tendoient leurs pièges au déclin du jour. Juda, en abusant de Thamar, sa belle-fille, qu'il rencontra le soir sur la voie publique, crut n'avoir été arrêté que par une courtisane.

(8) Comme une ancienne tradition

fortifiée par les livres de Moïse apprenoit aux Israélites, et surtout à ceux de la tribu de Juda, qu'un Sauveur devoit naître de leur sein; chaque famille attachoit une grande importance à s'assurer des descendans qui pussent, à leur tour, hériter de cette promesse.

(9) Les expressions de Booz ne laissent aucun doute sur le tendre intérêt que lui a inspiré la jeune Moabite. « Ut vivit Dominus, *comme le Sei-* » *gneur vit* », dit-il, « je vous pren- » drai pour mon épouse. » Aucune formule de serment n'étoit aussi sacrée que celle-là, chez les Hébreux, et ils ne pouvoient s'engager d'une manière plus imposante.

(10) Ces interrogations pressantes

nous ont semblé naturelles chez Booz, qui n'avoit encore recueilli que des renseignemens imparfaits sur le compte de Ruth et de Noëmi, et qui étoit bien aise, puisque l'occasion s'en présentoit, d'en obtenir de plus détaillés de la bouche de la jeune étrangère. D'ailleurs les veillards sont curieux ; l'on pourroit même dire soupçonneux ; et celui-ci, dans la crainte de blesser Ruth par un air d'importunité, s'enquiert d'abord de l'époque du retour de Noëmi, qu'il ne peut ignorer, et qui n'est qu'un prétexte pour arriver à des questions plus délicates. Nous demandons graces au lecteur en faveur de ces remarques. Notre unique desir est qu'il se persuade du soin que nous avons mis à donner un air de vérité, et des cou-

leurs locales au sujet que nous pla-
çons sous ses yeux.

(11) La stérilité des terres en Judée, pays élevé et pierreux, étoit presque toujours causée par des sécheres-
ses. Il est à présumer que cette contrée fut plus fertile du temps des Israélites, qu'elle ne l'est présentement, au
rapport des voyageurs. Sans admet-
tre de cause surnaturelle, plusieurs
raisons physiques peuvent y contri-
buer.

(12) Le texte n'annonçant point que
le patriarche se soit rendormi, après
son entretien avec Ruth, nous nous
sommes cru en droit de faire les suppositions qui ne manquent pas de probabilité. Au surplus, il nous a semblé que les propositions de Booz au

parent le plus proche d'Élimélech
ont été préparées à l'avance et d'une
manière propre à provoquer un refus :
c'est ce que l'on pourra reconnoître
dans le livre quatrième.

(13) Cette curiosité n'a rien qui
doive surprendre dans une jeune
femme pour laquelle s'apprête un
grand changement de fortune. La
belle-fille de Noëmi étoit encore chargée de près de quatre-vingts livres de
grains, et il étoit difficile qu'elle ren-
trât dans Bethléhem, sans s'être un
instant reposée.

Fin des Remarques du Liv. III.

REMARQUES

DU LIVRE QUATRIÈME.

(1) Il paroît par ce passage et par maints autres de l'Ecriture, que les jugemens, chez les Israélites, se rendoient à la porte des villes.

(2) Cet endroit donne à croire que les veuves des Hébreux, au défaut d'enfants, héritoient de leurs maris, quant aux immeubles mêmes, dont il leur étoit permis de disposer ; la loi

jubilaire atténue l'inconvénient qui pouvoit en résulter.

(3) Le texte, dans sa brièveté, ne laisse aucun doute sur l'empressement de Booz à profiter de la renonciation de son parent.

(4) Les paroles que nous mettons dans la bouche de Booz sont presque commandées par la circonstance, et ne ressemblent en rien à ce que l'on nomme un *compliment*. Il étoit naturel qu'il cherchât à adoucir ce que le refus du parent d'Élimélech pouvoit avoir d'humiliant. D'ailleurs, il a déjà montré de quelle estime il étoit pénétré pour la jeune Moabite.

(5) Nous avons cru ce mouvement dans la nature.

(6)

(6) Pharès fut le chef de la branche principale de Juda, dont sortirent en droite ligne les ancêtres du Messie.

(7) En langue hébraïque, *Obed* veut dire obligeant, prêt à servir. Vu la signification de ce nom, rien n'empêche de croire que Noëmi n'ait contribué à le faire porter au fils de Booz. Chez les Israélites, les femmes étoient admises, comme les hommes, à nommer les enfans, témoin la fille de Sué, épouse de Juda, qui appela ses deux derniers fils Her et Séla.

(8) Noëmi pouvoit se dire que Ruth, ayant conservé un vif souvenir de Mahalon, avoit communiqué au petit Obed quelques-uns des traits de son premier époux. Peut-être que la parenté de Booz et d'Elimélech renfor-

çoit à ses yeux cette supposition. Elle s'abusoit probablement; mais nous ne prétendons pas que le cœur humain soit toujours d'une exactitude rigoureuse dans ses calculs.

(9) Voyez l'invocation du vieux Tobie, après le retour de son fils, ch. 13, vers. 2. Voyez aussi le Cantique de Marie, chez sa cousine Elisabeth.

(10) Le pseaume 114, dont ce verset est extrait, offre le fidèle langage d'un cœur long-temps en proie au chagrin, et dans lequel la bonté divine a versé ses consolations.

(11) Imitation d'un passage d'Isaïe, ch. 1, vers. 11, dont le poète Racine a tiré un si heureux parti dans la première scène d'Athalie.

(12) Paroles de Tobie au retour de son fils, ch. 13, vers. 9.

(13) Prophétie d'Osée en faveur d'Éphraïm.

(14) A la suite d'un évènement heureux, la reconnaissance des Israélites leur dictoit presque toujours un cantique d'actions de graces ; témoins ceux de Débora, d'Anne, mère de Samuël, du vieux Tobie et de plusieurs autres. Nous nous sommes cru suffisamment autorisés par ces nombreux exemples à en placer un pareil dans la bouche de Noëmi. Toutefois, en suppléant à cette omission nécessitée par la brièveté du texte de l'Ecriture, nous nous sommes donné garde d'imiter ce que l'on nomme la manière des livres saints. Les pasti-

ches ne sont guères estimées dans les arts : il nous a semblé que la Bible offroit assez de passages appropriés à la circonstance, pour qu'on la fît parler elle-même, et il ne nous est resté que le mérite du choix.

(15) Il est à remarquer que par les dispositions prévoyantes du législateur des Hébreux, les généalogies des enfans de Jacob se sont conservées, sans lacune, jusquau Christ, et qu'à cette époque seule commence la confusion de cette grande famille, les lois de Moïse paroissant, par avance, avoir été coordonnées à un seul et unique évènement, qui étoit la naissance du désiré des nations.

(16) Il est certain qu'il existe des rapports touchans entre la destinée

de l'aimable Ruth et celle de la douce Marie. Les ames tendres s'y arrêteront avec plaisir, et nous sauront peut-être gré de les avoir indiqués.

FIN.

On trouve chez SAINTIN, libraire, rue de l'Eperon, n°. 6; les ouvrages suivans de M. de Keratry.

Le VOYAGE de vingt - quatre heures, 1 vol. in-12, avec figures, broché, 2 fr.

Les VOISINS, dans l'Arcadie, 2 vol. in-18, brochés, avec fig., 2 fr.

L'HABIT Mordoré *ou* Joseph et son Maître,
2 vol. in-12, brochés, 4 fr.

RUTH et Noëmi *ou* les Deux Veuves, sujet
épisodique, imité d'après l'Ecriture-
Sainte, avec figures, 1 vol. in-18, 2 fr.
50 cent.

En demandant ces Ouvrages par la poste,
on ajoutera 75 centimes au prix desdits
ouvrages, pour les recevoir francs de port.

BONS LIVRES, A UN RABAIS CON-SIDÉRABLE, qui se trouvent chez SAINTIN, Libraire-Commissionnaire, rue de l'Eperon-Saint-André-des-Arts, n°. 6. Le même Libraire se charge de procurer promptement, et au meilleur compte possible, tous les Ouvrages, Cartes, etc., qu'on peut désirer.

1°. OEUVRES complettes de Florian, 24 vol. in-18, figures, au lieu de 24 fr., 18 fr.

2°. ABRÉGÉ de l'Histoire Naturelle de Buffon, classé par ordres, genres et espèces, selon le système de Linnée ; ouvrage enrichi de 174 planches gravées en taille-douce, représentant près de 1000 animaux, et accompagnées d'une notice descriptive de chaque animal, contenant ses mœurs, ses habitudes, la partie du monde où il existe et la durée ordinaire de sa vie. le tout extrait des OEuvres de Buffon, 4 forts vol. in-8., fig. en noir ; au lieu de 30 fr. 18 fr.

— Le même ouvrage, avec les figures coloriées, au lieu de 60 fr., 30 fr.

Le mérite de l'Histoire Naturelle de Buffon est universellement reconnu, c'est l'ouvrage de tous les temps, de tous les âges, de tous ceux qui lisent ; mais cet ouvrage immortel est trop considérable pour entrer dans le nombre des livres qu'on donne aux enfans. Peu susceptibles d'une attention suivie, ce n'est qu'en les amusant qu'on peut parvenir à les instruire. Les personnes du sexe n'ont communément pas besoin de tous le détails dans lesquels Buffon est entré; distinguer un genre d'un autre, telle espèce de telle autre, suffit à la plupart des lecteurs; ce sont ces motifs qui ont fait penser l'éditeur de cet ouvrage, qu'un *Abrégé de Buffon*, fait avec soin, pourroit être utile pour l'éducation des deux sexes. Beaucoup d'ouvrages élémentaires sur l'Histoire Naturelle ont été donnés au public, mais il en est peu qui aient plus de 300 figures d'animaux : notre *Abrégé de Buffon* contient plus de 900 figures, avec une notice sur chacun des animaux représentés.

Il ne faut pas confondre mes exemplaires avec ceux qui sont dans le commerce, mes figures valant beaucoup mieux à cause du papier et du tirage, que je paie le double.

3°. ATLAS des Enfans, *ou* les premiers Elémens de la Gréographie, mis à la portée des plus jeunes, démontrés d'une manière si claire et si simple, qu'il suffit de savoir lire pour les comprendre; ouvrage également utile à ceux qui n'ont aucune notice de la géographie, et qui veulent l'apprendre promptement et sans peine, orné de figures démonstratives, de cartes et de 48 figures colorées très-jolies, représentant les habitans et les costumes les plus singuliers et les plus curieux des quatre parties du Monde, 1 vol., format grand in-8, 3 fr. 30 cent.

Cet ouvrage est regardé comme un des plus utile et des plus jolis qu'on ait fait depuis longtemps pour l'instruction et l'amusement.

4° ATLAS élémentaire, *ou* Nouvelle Méthode

d'enseignement, par le moyen de laquelle on peut apprendre la géographie en peu de te. ps, orné de planches et de cartes coloriées et dessinées avec une gran.de précision, 1 vol., grand in-8., 4 fr. 5o cent

5°. L'Ai t de connoître les Femmes sur leur phy sionomie *ou* le Lawater des Dames; suivi d'un Essai sur les moyens de procréer des Enfans d'esprit, orné de 3o planches coloriées soigneusement; t oisième édition, corrigée et considérablément augment.e, 3 fr.

6°. L'Art de connr'tre les Hommes par les traits du visage, *ou* le Lawater portatif, quatrième édition, augmentée d'une notice sur la Vie de Lawater, d'anecdotes physionomiques, etc., etc., 1 vol. in-16, orn. de 33 planches coloriées soigneusemen·, 3 fr.

7°. L'Art i e connoître les Hommes sur leur attitude, leurs gestes et leurs démarches, d'après Lawater, 1 vol. in-16, orné de 32 planches co oriées soigneusement, 3 fr.

Ceux qui prendront la collection des 3 volumes, ne paieront le tout que 8 fr.

Bibliothèque instructive et amusante des Enfans, contenant les abrégés
De l'Histoire-Sainte, ornée de 12 fig.
De l' istoire de Fran e, ornée de 12 fig.
De l'Histoire Naturelle, ornée de 24 fig.
De la Mit .ologie, ornée de 3o fig.
De la Géographie, ornée de 7o fig.
  Un fort vol. in-12, bien imprimé, gros caractéres, orné de 16o figurés; cartes et planches.
S'il est un livre utile pour les jeunes enfans, c'est sans contredit celui qui est combiné de

manière à leur faire trouver beaucoup de plai-
sir à s'instruire : c'est après en avoir fait l'es-
sai sur des enfans que la lecture seule rebutoit,
que nous l'offrons aux parens comme un
moyen infaillible d'instruire et de faire aimer
l'étude à leurs enfans.

Petit cours d'Écritures Anglaises, dédié et
présenté à la Banque Impériale de France,
gravé et imprimé soigneusement, cahier obl.,
1 fr. 50 cent.

(Ce petit ouvrage est adopté à Paris par tous
les jeunes gens qui se destinent au commerce ou
à la profession d'employé ; ce qui l'a fait adopter
aussi dans les maisons d'éducation.)

Les Écritures française et anglaise dans leur
perfection, d'après les plus grands maîtres des
deux nations, accompagnées d'un texte fort
utile, in-4, 3 fr.

Trente-deux Exemples d'Écritures françai-
ses, par les meilleurs maîtres, à l'usage des
premières écoles de l'Université, imprimées sur
beau papier, 1 fr.

Les Six Jours de la Création, ou Leçons d'un
père à son fils, sur l'origine du monde, etc., etc.;
par Jauffret, 2 vol. in-18, gros caractères, ornés de 8 fig. charmantes, 2 fr. 50 c.

Contes des Fées ; par Ch. Perrault, de l'académie, contenant Cendrillon, la Belle au Bois
dormant, le Petit Poucet, la Barbe-Bleue, le
Petit Chaperon rouge, etc. etc. etc.; nouvelle
édition très-soignée, gros caractères, beau papier, et ornée de 12 fig. charmantes, en taille-
douce ; 1 fort vol. oblong, fig. en noir, cartonné, 3 fr.

— Les mêmes, en beau papier d'Angoulême, figures coloriées, 6 fr. (*Rien n'est plus jeli que ces figures, ornées d'or et d'argent.*)

PETITE HISTOIRE SAINTE, à l'usage de la jeunesse, 1 vol. in-18, bien imprimé sur beau papier, et orné d'un grand nombre de figures en taille-douce.

VIE DE LA SAINTE VIERGE, depuis sa naissance jusqu'à sa mort; ou le plus parfait modèle des jeunes personnes, ornée d'un grand nombre de jolies figures en taille-douce, et suivie de la Sainte Messe, des Vêpres, de l'Office des grandes fêtes de l'année, Messe de mariage, des sept Psaumes de la pénitence, des prières du matin, du soir, pour la confession, la confirmation, etc. etc., 1 vol. in-32, relié en veau, doré sur tr., filets, bords et bord. en or fin, 3 fr. 50 c.

— Le même, en maroquin 4 fr.

— Le même, en papier vélin, relié en moire et tabis de veau, riche étui, 10 fr.

AVENTURES DE TÉLÉMAQUE, vol. in , orné de jolies figures en taille-douce.

L'ALPHABET DU PETIT NATURALISTE, composé d'un grand nombre d'animaux coloriés avec soin, et formant un jeu propre à amuser les petits enfans et à leur faire connaître en même temps l'Alphabet et les chiffres, renfermé dans un étui.

— Le même, formant un petit livre oblong avec texte explicatif.

CONTES à ma petite fille et à mon petit garçon, ou leçons de lecture propre à les amuser, les instruire et les corriger des petits défauts de leur âge, par un père de famille. In-12, orné de 24 figures fort intéressantes pour eux, 1 fr.

80 c., et coloriées, 2 fr. 80 c.

FABLES DE LA FONTAINE, 2 vol. in-18, ornés de 24 jolies figures, 3 fr.

ABRÉGÉ de la vie des plus illustres philosophes de l'antiquité, avec leurs dogmes, leurs systèmes, leur morale, et un recueil de leurs plus belles maximes; ouvrage destiné à l'éducation de la jeunesse, par Fénélon, archevêque de Cambrai, nouvelle édition, 1 vol. in-12, fig. et titre gravé, orné du portrait de Fénélon, 2 fr.

NOUVEAU CHOIX de jolies histoires intéressantes et morales, orné de 16 jolies fig.; 1 gros vol. in-18. 1 fr. 60 c.; figures color., 75 c. de plus.

JÉRUSALEM DÉLIVRÉE, poëme du Tasse, traduit de l'italien, nouvelle édit., revue et corrigée, 2 gros vol. in-18, ornés de 4 jolies fig., 2 fr.

VUE DE PARIS en miniature, vol. in-32, imprimé sur beau papier, par Didot aîné, orné de 47 planches représentant Paris dans son origine, les costumes de ses anciens habitans, leurs temples, maisons, tombeaux, armes, etc.; la vue de tous les beaux monumens qui ornent aujourd'hui cette superbe capitale, son histoire abrégée, des anecdotes qui le concernent, et une foule d'autres choses aussi curieuses qu'utiles. Prix, cartonné, 4 fr.

—Le même, en mar., doré s. tr., filets d'or. 6 fr.

COURS D'ÉDUCATION PREMIÈRE, 2e. édition, contenant : 1°. les premiers élémens de l'arithmétique ancienne et décimale, par Bezout; augmentés d'une instruction sur les nouveaux poids et mesures; 2°. des exemples d'écritures par un maître du Lycée Impérial; 3°. la grammaire de Lhomont, 1 vol. in-12, rel. en parc., 1 f. 60 c.

Nota. Toutes ces parties se vendent aussi séparément, ou deux ensemble si l'on veut.

HISTOIRE ET AVENTURES DE M. CROQUEMITAINE, où se trouvent celles de M. Brique-à-Braque son gendre, de Félipeur son cousin, et de Bras de Fer son associé, ouvrage pour les petits enfans, 1 vol. in-18, gros caractères, avec beaucoup de fig., 1 fr. 25 c., et coloriées, 1 fr. 80 c.

ALPHABET JOUJOU, ou l'Abécédaire chéri des enfans, contenant, de plus, des prières et de jolies petites historiettes morales, à la portée des petits enfans, orné de trente figures coloriées, 75 c.

— Les mêmes figures formant Alphabet, dans un étui en forme de jeu, 75 c.

ETRENNES des Jardiniers praticiens et amateurs de jardinage, par le premier jardinier de la ci-devant princesse de Conti, 1 vol. in-12, 2 fr.

HISTOIRE intéressante de Ruth et Noëmi, ou les Deux Veuves, 1 vol. in-18, 4 fig. superbes. 2 f.

NOUVEAU Recueil de divers exemples d'écritures anglaises, 1 fr.

AVENTURES surprenantes de Robinson Crusoé, 2 vol. in-18, 4 fig., papier fin, 2 fr.

ABRÉGÉ des Métamorphoses d'Ovide, dégagé de tout ce qui peut alarmer la pudeur de la jeunesse, 2 vol in-18, ornés de 10 jolies fig., 2 fr. 50 c.

AVIS d'une mère à ses enfans, par madame de Lambert, 2 vol. in-12, 3 fr.

ABRÉGÉ de l'Ami des enfans, par Berquin, 4 vol. in-18, fig., 3 fr.

CATÉCHISME historique, contenant en abrégé l'Histoire Sainte et la Doctrine Chrétienne; par M. Fleury; nouvelle édition, 1 fort vol in-12, 1 fr. 50 c.

CONVERSATION d'Emilie pour l'instruction et l'amusement des jeunes personnes, 2 gros vol. in-12, 4 fr. 50 c.

Choix de beaux exemples de piété filiale, d'amour fraternel, de générosité, etc., 1 gros vol. in-12, 2 fr.

Choix de Métamorphoses, destiné à l'instruction et à l'amusement de la jeunesse, 2 vol. in-8, oblongs, ornés de 100 figures, 3 fr. 50 c.

Ecolier (l') Vertueux, ou Vie édifiante d'un Ecolier de l'Université de Paris, nouvelle édition, 1 vol. in-18, 1 fr. 25 c.

Ecolier (l') Chrétien, etc., 1 vol. in-18, 1 fr. 25 c.

Etrennes à la Jeunesse, Recueil d'Historiettes nouvelles, 1 gros vol. in-18, bien imprimé sur beau papier, orné de très-jolies figures, 2 fr.

Education des Filles, par Fénélon, 1 vol. in-18, jolie édition, fig., 1 fr. 25 c.

Guide d'une Mère dans l'éducation de ses enfans, contenant en abrégé l'Histoire ancienne et moderne de tous les pays, 2 vol. in-8, bien imprimés, sur beau papier, 8 fr.

Histoire ancienne de Rollin, 14 vol. in-12, 30 f.

Matinées (les) du Hameau, ou Contes d'un grand-père à ses petits-enfans, 4 vol. in-18, fig., 3 fr.

Parnasse (le nouveau) Chrétien, ou Choix de poésies morales et chrétiennes, à l'usage de la Jeunesse, dédié à M. Fourcroy, 2e. édit., 1 gros vol. in-12, 2 fr.

Récréation de la Jeunesse, contenant des traits d'Histoires choisies, Histoire et Abrégé des Voyages, 1 vol. in-18, fig., 1 fr.

Vie de Ste. Clotilde, reine de France, mêlée d'Anecdotes concernant les mœurs et coutumes des premiers siècles de la monarchie; ouvrage utile aux jeunes personnes, 1 vol. in-12, fig., 2 fr.

Voyage du Jeune Anacharsis en Grèce, 7 vol. in-8, 15 fr., au lieu de 30 fr.

VOYAGE du Jeune Anacharsis, 9 vol. in-18, 2 portraits, 8 fr., au lieu de 15 fr.

Avec Atlas, 5 fr. de plus.

LA JOURNÉE DU CHRÉTIEN, édition la plus complette et la plus belle qu'on ait encore faite. 1 v. in-12, de 620 pages, gros caractères, beau papier, ornée de 5 figures, reliée, dorée sur tranche, filets en or fin, 4 fr.

— La même en veau anglais, 5 fr. 50 c.

— La même en maroquin, 7 fr. 50 c.

OEUVRES complettes de Berquin, 60 vol. in-18, brochés en 30 vol., au lieu de 60 fr., 30 fr.

ÉTRENNES GÉOGRAPHIQUES, ou Costumes des principaux peuples de l'Europe, gravés et coloriés avec soin, et accompagnés de la description du pays, et des mœurs et coutumes de ses habitans; 1 vol. in-16, avec trente-deux planches imprimées sur papier vélin, 6 fr.

Chaque planche de cet ouvrage offre l'homme et la femme d'un peuple quelconque, dessinés avec soin et exactitude. Le texte offre tous les renseignemens que l'on peut désirer sur la position géographique du pays, ses principales villes, ses productions naturelles et industrielles; il présente aussi un précis historique sur l'origine de ses habitans, les diverses révolutions qu'il a éprouvées, et son état actuel. Les mœurs, contumes et caractères des peuples y sont développés d'une manière satisfaisante.

LIVRES DE PIETÉ.

HEURES IMPÉRIALES, 1 v. in-18, gros caractères, supérieurement imprimé par Didot aîné, sur papier superfin d'Angoulême; ornées de superbes fig., reliées et dorées sur tranche, filets, bords et bordures en or fin, 3 fr. 75 c.

— Les mêmes, reliées en maroquin, filets, bords et bordures en or fin, gardes en papier de soie glacé, 6 fr.

— Les mêmes, en veau, 5 fr.

— Les mêmes, en papier vélin superfin, reliées soigneusement en maroquin, doublées de tabis, dorées sur tranche, dentelles, bords et bordures en or fin, 12 fr.

Les mêmes, couvertes en moire et doublées en tabis de soie, richement dorées, étui, 16 fr.

LES PETITES HEURES IMPÉRIALES (presque tout français), 1 vol. in-32, supérieurement imprimé, sur papier superfin, et ornées du portrait de Sa Majesté, et d'une fig., rel. en veau, dor. s. tr., 2 fr. 50 c.; en mar., 3 fr.; et en papier vél., fig. coloriées, 3 fr. 50 c.

HEURES ROYALES, 1 vol. in-32, papier fin, en gros et petits caractères, ornées de 4 jolies fig., titre gravé, etc., rel. en veau dor. sur tranche, fil., bords et bordures en or fin, 3 fr.

— Les mêmes, rel. en m. comme ci-des., 3 f. 50 c.

— Les mêmes, papier vélin, 16 fig. charmantes, reliées en maroquin, 6 fr.

ETRENNES SPIRITUELLES, 1 vol. in-32, papier fin, en gros et petits caractères, 4 jolies figures, rel. en veau, dor. sur tranche, filets, bords et bordures en or fin, 3. fr.

— Les mêmes, en maroquin, dorées sur tranc., filets, bords et bord. en or fin, 3 fr. 50 c.

— Les mêmes, papier vélin superfin, 8 figures, reliûre riche et soignée, 7 fr.

PETIT PAROISSIEN abrégé, ou Nouvelles Etrennes Spirituelles, à l'usage de Rome et de Paris, considérablement augmenté, 1 vol. in-18, gros caractères, bien imprimé, orné d'une suite de jolies figures, relié, doré sur tranche, filets d'or, 4 fr.

— Le même, en veau doré sur tranche, filets, bords et bordures en or fin, 5 fr.

— Le même, en mar., bien doré, 6 fr.

— Le même, en papier vélin, très-bien relié en maroquin, doublé de tabis de soie, dentelle en or fin, 12 fr., et en moire, étui, 16 fr.

EUCOLOGE à l'usage universel, nouvelle édition, bien imprimée, 1 vol. in-18, orné de 5 figures, relié soigneusement en basane, 3 fr. 5o c.

— Le même, en veau soigné, doré sur tranche, filets, bords et bord. en or fin, 5 fr.

— Le même, en mar., doré comme ci-dessus, 7 f.

PETIT PAROISSIEN COMPLET, contenant l'office des dimanches et des fêtes, en latin et en français, à l'usage de Rome et de Paris, 1 gros vol. in-18 de 700 pages, orné de 5 fig., relié, 2 fr. 5o c.

— Le même, en veau, doré sur tr., filets, 5 fr.

— Le même, en mar., d. s. tr., or fin, 6 fr.

NOUVELLES ETRENNES SPIRITUELLES, très-complettes, 1 vol. in-24, ornées de 6 fig. fort jolies, reliées en basane soignée, 2 fr. 5o c.

— Les mêmes, en veau doré sur tranche, filets, bords et bordures en or fin, 3 fr.

— Le même, en maroquin doré comme ci-dessus, 4 fr.

PETIT PAROISSIEN des Princes et Princesses, 1 vol. in-32 à deux colonnes, caractère nompareille, papier superfin, orné de 4 jolies figures et titre gravé, relié en veau, doré sur tranche, filets, bords et bordures en or fin, 3 fr.

— Le même, en maroquin, doré sur tranche, filets. bords et bordures en or fin, 3 fr. 5o c.

Le même, en papier vélin superfin, 8 belles fig., relié en maroquin, doré or fin, 5 fr.

— Le même, vélin superfin, 8 figures, reliûre plus riche et plus soignée, 7 fr.

— Le même, couvert en moire, doublé de tabis, dorure riche, et étui, 12 fr.

PETIT MANUEL DU CHRÉTIEN, 1 vol. in-32, papier fin, 5 jolies figures, relié en veau, doré sur tranche, filets, bords et bord. en or fin, 3 fr.

— Le même, relié en maroquin, d. s. tr., filets, bords et bordures en or fin, 3 fr. 50 c.

ETRENNES DES JEUNES VIERGES, 1 vol. in-32, papier fin, 2 jolies figures, rel. en veau doré sur tr., filets, bords et bord. en or fin, 2 fr. 50 c.

— Les mêmes, en maroquin, dorées sur tranc., filets, bords et bord. en or fin, 3 fr.

ETRENNES DES JEUNES CHRÉTIENS, mêmes reliûre et prix que les Vierges.

ETRENNES UNIVERSELLES, mêmes reliûre et prix que les Vierges.

HEURES DE LA NOBLESSE, mêmes reliûre et prix que les Vierges.

HEURES MIGNONNES, 1 vol. in-64, papier fin, orné de 3 jolies fig., relié en veau doré sur tr., filets, bords et bord. en or fin, 1 fr. 80 c.

— Les mêmes, reliées en maroquin, dorées sur tr., filets, bords et bord. en or fin, 2 fr. 25 c.

PETIT PAROISSIEN DES JEUNES FIDÈLES, 1 gros vol. in-32, figures, relié en basane, fil., 1 fr. 25 c.

— Le même, même reliûre, d. s. tr., fil., 1 f. 50 c.

— Le même, relié en maroquin, filets, bords et bordures en or fin, 2 fr. 25 c.

LA JOURNÉE DU CHRÉTIEN, 1 vol. in-24, orné de 4 jolies figures, relié en veau, doré sur tr., filets, bords et bordures en or fin, 3 fr.

— La même, reliée en maroquin, dorée sur tranche, filets, bords et bordures en or fin, 4 fr.

— La même, en basane soignée, 2 fr.